오늘의 자세:
행운을 부르는 법

옮긴이 이민희

언어의 조각들을 오래도록 매만지고 싶어 번역의 세계에 뛰어들었다.
낯선 이야기 속을 극도로 천천히 헤엄치는 순간을 가장 사랑한다.
《화장실 벽에 쓴 낙서》《하늘은 어디에나 있어》《드라이》《내가 지워진 날》
《우리가 함께 달릴 때》를 우리말로 옮겼다.

오늘의 자세:
행운을 부르는 법

줄리아 월튼 · 이민희 옮김

양철북

내가 몰라도 되는 이야기까지 해 주던

나의 할머니께

나는 거짓말을 하지 않았다. 딱히.

그저 자초지종을 이야기하지 않았을 뿐이다.

할머니라면 그것 역시 거짓말이라고 했을 것이다. 무언가를 억누르고 있다면 속이 켕길 거라면서.

애초에 억누르지 않은 게 문제였다. 내가 먼저 녀석에게 달려들었으니까. 다만 그런 일이 있었다는 걸 아무한테도 말하지 않았다.

생각이 짧았다. 돌이켜 보니 그것은 할머니가 돌아가시기 전에 세뇌한 두 가지 규칙 중 하나였다.

제1규칙 거짓말은 불운을 불러온다.

제2규칙 파로스 집안과 엮이지 마라.

그래, 녀석이 날 때렸다. 하지만 그게 전부는 아니다. 내 잘못이 조금도 없다고 하면 그거야말로 거짓말일 것이다.

보통 불안장애가 있으면 싸움을 무조건 피할 거라고 생각하기 마련이지만 늘 그렇진 않다. 적어도 나는 안 그런다.

방어 본능이 일어나기도 한다.

뜨거운 공황이 치밀어 오르면 일단 몸 밖으로 꺼내야 한다. 때때로 가장 쉬운 방법은 개자식이 되는 것이다. 부정적인 느낌을 재빨리 밖으로 쏟아 내서 순간적인 안도감을 얻는 것이다. 일단 그 느낌이 떨어져 나가기만 한다면, 내 신경을 물어뜯지만 않는다면야 아무래도 좋다.

따지고 보면 이 사달을 일으킨 원흉은 학교다. 교내 필수 봉사 시간을 채우기 위해 나는 늘 혼자 할 수 있는 일을 신청해 왔다. 이를테면 도서실 책을 서가에 찾아 넣는 일. 하지만 이번에는 하필 신청이 아니라 배정받는 거였다. 그리고 그 배정 담당께서 내가 매점에서 간식거리를 팔면 좋겠다고 판단한 것이다.

개학 첫날이라, 겨울 방학에 땀 흘려 번 돈을 쥐고 몰려든 애들로 북새통이었다. 다들 팔꿈치로 길을 뚫고 계산대로 모여들었다. 나는 계산대 뒤에서 애들이 넘치는 기운을 유지할 수 있도록 단것을 제공하는 임무를 맡고 있었다. 신이시여, 왜 저에게 이따위 시련을 주시나이까?

오늘만 버티자고 속으로 계속 되뇌었지만, 사람들이 점

점 몰려들면서 요란하게 윙윙대는 소리가 들리기 시작했다.

사워패치키즈가 먼저 동났다. 갓 구운 쿠키들에 이어 스타버트츠까지 줄줄이 매진됐다.

조던 스완지라는 녀석은 레드바인스 세 통을 집어 들고 40달러를 주며 잔돈은 됐다고 했다. 그러고는 문을 나서자마자 자기처럼 무지막지하게 큰 운동선수 친구들한테 나눠 주었다.

교내 매점에서 젤리 따위를 웃돈 주고 사 가며 계산대에 지폐를 던지고 돌아서는 행위는 얼간이 짓의 전형이라고 할 수 있다. 성급한 일반화일지 모르겠지만 녀석에게는 과히 그런 분위기가 흘렀다. 하긴 부자들에게는 몸에 밴 습관일지도 모른다. 나로서는 알 길이 없다. 내가 다니는 고등학교는 부자 동네 한가운데 자리 잡고 있어서, 우리 집이 쭉 안정적인 중산층이었다고 해도 이 동네에서는 쭉 가난했다는 의미가 된다.

그런 생각을 하는 와중에 이날의 두 번째 얼간이, 드레이크 기븐스가 줄 맨 앞에 도착했다. 거스름돈을 세고 있는데 녀석이 불쑥 끼어들었다. 기습. 그게 녀석의 주특기라는 걸 진작 떠올렸어야 했다. 드레이크는 초등학교 3학년 때 이 동네에 이사 온 후로 쭉 나랑 같은 반이었는데, 툭하면 사람을 열받게 했다. 녀석은 필터가 없었다. 그 말인즉슨 보통 초등학생 때 얻게 되는 가장 노골적인 별명이 모두 녀석의 입에서 나왔다는 뜻이다.

나는 소음과 인파를 애써 무시하고 계산에 집중했지만, 드레이크는 나를 잠자코 기다려 주지 않았다. 1달러짜리 에너지바를 들어 보이며 구겨진 20달러짜리 지폐를 현금 통에 쑤셔 넣고 말했다.

"19달러 줘."

"잠깐만."

나는 계산대 앞 졸리랜처 통에서 풋사과 맛만 몇 개째 골라내는 여자애를 기다리고 있었다. 드레이크는 자기 거스름돈을 받는 게 우선이었다.

"그냥 내가 알아서 꺼내 간다."

드레이크가 현금 통에 손을 뻗자 나는 냉큼 빼어 들었다.

"잠깐만. 이 계산부터 끝내고."

졸리랜처광, 그러니까 나랑 지리와 수학 수업이 겹치는 캐시는 무언의 독촉에도 아랑곳하지 않고 느릿느릿 속 터지게 사탕을 골라냈고, 드레이크는 자꾸 계산대 너머로 손을 뻗어 잔돈을 집어 가려고 했다. 녀석은 내가 먼저 온 손님을 응대하고 있다는 것을 의식하지 못하는 눈치였다. 내 말이 들리면서도 안 들리는 것이다. 그게 말이 된다면.

"내가 도와준다니까. 거스름돈 19달러라고."

드레이크는 여전히 계산대 너머로 몸을 내밀고 내 공간

을 침범하고 있었다. 녀석의 입에서 단백질 셰이크 냄새가 났다. 캐시가 드레이크를 쏘아봤지만 녀석은 무시했다.

"잠깐만 기다려."

나는 한 손을 펴 들고 이를 악물며 말했다. 왁자지껄한 소음 때문에 속이 울렁거렸다. 거스름돈을 처음부터 다시 세어야 했다. 그러자 드레이크는 다 들리게 중얼거렸다.

"아 참, 뚱레오를 열받게 하면 안 되지."

나는 녀석을 노려봤다.

'뚱레오'는 꼬마 드레이크가 내게 선사할 수 있는 최고의 별명이었다. 그 당시 무사카(얇게 썬 가지와 다진 고기를 켜켜이 놓고 맨 위에 치즈를 얹은 그리스 요리: 옮긴이)와 수블라키(유명한 그리스 패스트푸드. 꼬챙이에 여러 조각의 고기와 채소를 꽂아 구워 먹는 바비큐 음식이다: 옮긴이)를 주식으로 한 탓에 잔뜩 불어난 뱃살은 티셔츠를 팽팽하게 늘렸다. 그때는 어울렸을지 몰라도 그리 멀리 내다본 별명은 아니었다.

드레이크는 자꾸 현금 통으로 손을 뻗었고, 캐시는 자기 계산부터 해 달라고 난리였다. 그러자 뒤에 있던 애들의 태도가 서서히 거칠어졌다.

"여기 배고파서 뒤지겠거든. 퍼니언즈 좀 먹자고!"

뒷줄에 서 있던 남자애가 소리쳤다.

"민트 사탕도!"

그 옆의 여자 친구가 거들었다.

킬킬 웃는 애들이 대부분이었지만 몇몇은 줄이 줄어들지 않아 짜증을 내기 시작했다.

여러 웃음소리가 머릿속에서 우렁우렁 울리며 관자놀이가 심장 박동처럼 두근두근했다.

왜 난 이 사람들에게 둘러싸여 있는 거지? 조용하고 외딴 구석이 아니라? 왜 교내 봉사가 선택이 아니라 의무인 거지?

드레이크가 다시 현금 통을 집어 들자 나는 확 뺏어 들었다. 다른 애들이 호기심 어린 눈으로 우릴 주시하고 있었다.

"망할, 그냥 내가 알아서 거스름돈 챙겨 가겠다고."

그 말이 마치 마이크가 삑 소리를 내듯이 내 머릿속을 날카롭게 울렸다.

"수학 시험 57점 받은 널 뭘 믿고?"

홧김에 내뱉은 말에 드레이크는 눈에 띄게 당황했다. 나는 캐시에게 잔돈을 건네고 나서 녀석의 19달러를 거슬러 줬다. 일부러 아주 천천히. 그때 누군가 드레이크를 밀쳐 냈고, 그날 늦은 오후에야 녀석을 다시 볼 수 있었다.

체육 시간 전에 자율 학습이 한 시간 있었는데, 평소처럼 도서실로 가지 않고 컴퓨터실 바로 바깥에 있는 휴게 공간을 찾았다. 애들이 잘 드나들지 않는 세 장소 중 하나였다.

나는 파란색 셔닐 실(표면을 솜털처럼 부드럽게 가공한 실:

12

옮긴이)을 꺼내 코바늘로 마티를 뜨기 시작했다.

마티는 내가 처음으로 배운 뜨갯거리다. 흰 원 안에 파란 원, 그 안에 검정 원. 고대 그리스인들이 액운을 피하려고 만든 '악마의 눈' 상징이다. 다 뜨면 할머니 무덤에 둘 생각이었다. 한 땀 한 땀 촘촘하게 뜨는 데 온 신경을 집중했다. 드레이크가 다가오는 발소리를 똑똑히 들었지만 말이다.

나는 집중하면 사람을 무시한다. 게다가 매점 사건 이후로 흥분이 가라앉지 않아서 더 철저히 무시했다. 물론 큰 틀만 보면 그저 한 녀석이 머저리처럼 굴었다는 것뿐이다. 하지만 불안장애가 있다면? 사소한 일이 화를 부르기도 한다.

"야, 아까 너 진짜 재수 없게 굴더라."

나는 고개도 들지 않았다. 아예 없는 사람 취급했다. 녀석이 내 손에서 뜨개실을 가로채기 전까지는.

그 즉시 이성을 잃었다.

엄밀히 말하면 나는 녀석을 때리지 않았다. 와락 달려들어 뜨개실을 도로 낚아챘는데, 하필 녀석이 얼굴 가까이 들고 있어서 아마 내가 공격하는 것처럼 보였을 것이다. 그래서 녀석이 선공을 날렸다. 얼굴에 정통으로.

영화 속 히어로들은 피투성이가 되도록 처맞고도 바로 싸움에 복귀하는데, 그건 고통을 무시한 연출이다. 아니면 그냥 내 말랑 떡 같은 몸이 슬로 모션처럼 날아오는 드레이크의 불주먹을 감당하지 못했거나.

드레이크는 나보다 훨씬 크고, 빠르고, 강했다. 실제로 날 한 방에 때려눕혔을 때 본인도 놀란 것 같았다. 그래도 도움을 청하러 달려갔다. 쓰러지기 직전에 인중이 곤죽이 된 것을 알았다. 내 턱을 타고 흐르는 피가 부디 녀석에게 평생 트라우마로 남길 바라는 순간, 정신을 잃었다. 잠시 의식이 없었기 때문에 확실한 정황은 모른다.

정신을 차리고 처음 본 사람은 관리인이었다. 그는 바닥에 흩뿌려진 피를 보고 핏자국은 잘 안 닦인다며 구시렁거렸다.

예술이군.

다른 목격자는 없었다. 그 일을 증명할 수 있는 것은 나와, 나를 문제아로 낙인찍은 일련의 사건들뿐이었다. 그 사건들은 전부 가만있는 나에게 벌어진 것이지만.

아무래도 남들은 그런 일이 나 때문에 벌어진다고 보는 것 같다. 나는 대개 혼자 있고 싶어 하고, 그게 어떤 이유에서인지 따분한 놈들의 심기를 건드리기 때문이다. 쟤 책가방에 오줌을 싸면 어떤 반응을 보일까?

이번 사건의 하이라이트는 교장 선생님이 아빠를 호출한 것이다. 학부모 면담이 처음은 아니지만, 고등학교에 와서는 처음이었다. 지금 졸업반을 앞두고 있으니 의외로 오래 걸린 셈이다.

중학교 때는 걸핏하면 상담실에 불려 가고 교장 선생님

이 개입했다. 사람들은 항상 조용한 애한테서 반응을 끌어내고 싶어 하니까. 조용해서 피해를 주는 것도 아닌데.

교장실 문밖에서 교장 선생님과 아빠가 무슨 얘기를 하는지 귀를 기울였다. 처음엔 잘 안 들렸는데, 아빠가 평정심을 잃고 큰 소리로 중얼거리기 시작했다. 그리스어로.

통역하자면 아빠는 이렇게 말했다.

"좀 대범하게 굴고 사람을 적당히 상대할 줄 알아야지. 아니, 적어도 자기 몸을 지킬 줄은 알아야 할 거 아니야."

마침내 아빠가 영어로 물었다.

"어쩌다가 이런 일이 벌어졌답니까?"

그다음 말은 아주 똑똑하게 들었다. 나뿐 아니라 교무실 모두가. 왜냐하면 아빠의 중얼거림에 번번이 말이 가로막혔던 교장 선생님이 홧김에 속말을 내뱉었기 때문이다.

"레오는 사회성이 부족합니다!"

접수처 직원이 움찔하며 나를 힐끗하더니 아무것도 못 들은 척했다. 교장 선생님이 다시 목소리를 낮췄기 때문에 나는 나머지 말들을 어림짐작해야 했다. 아빠가 이미 알고 있는 사실들이겠지만.

레오는 친구들과 잘 어울리지 않아요.

레오는 학교 활동에 참여하지 않아요.

레오는 혼자 겉돌아요.

레오는 조별 과제와 발표를 어려워해요.

15

레오는 뜨개질을 자주 해요.

마지막 말을 듣는다면 아빠는 수치심으로 사망할 것이다. 나에게 뜨개질을 전수한 사람이 자기 엄마라 해도. 할머니는 나한테 실과 바늘로 할 수 있는 모든 걸 가르쳐 주었다. 그걸로 아빠는 언제까지나 할머니를 원망할 거다. 그야 뜨개질은 남자가 하는 일이 아니니까. 아니, 남자가 하면 안 되는 일이니까.

"마음을 다스리는 데 도움이 될 거다, 아가피 무(내 사랑)."

할머니 말대로 뜨개질을 하면 마음이 차분해진다. 하지만 학교에서는 자제해야 했을지도 모른다.

남의 이목을 끄는 짓은 되도록 하지 말아야 한다. 설명이 필요한 행동을 하면 사람들을 끌어들이게 되니까. 그건 내가 즐기는 일에 간섭해 달라고 하는 거나 다름없다.

말이 나온 김에 길에서 외발자전거를 타는 사람도 그냥 좀 내버려 두자. 남이야 바퀴가 하나뿐인 별난 자전거를 타든 말든.

아무튼, 사연은 여기까지다.

얼떨결에 학교에서 몸싸움에 휘말렸고, 아빠가 날 데리러 와야 했다. 나는 코에 휴지를 쑤셔 넣은 채 아빠 차를 타고 조퇴했다. 집에 도착할 때까지 우리 둘 다 아무 말도 안 했다. 어차피 평소에 대화를 안 해서 대수롭지 않았다.

다만 그 전에 교장 선생님이 자초지종을 물었을 때, 내가 먼저 드레이크에게 달려들어서 오해를 샀다는 얘기는 하지 않았다.

"걔가 절 때렸어요"라고만 했다.

앞서 말했듯이 거짓말은 아니지만, 사건의 전말이라고 할 수도 없었다. 그런 종류의 거짓말은 늘 혀 아래 도사리다가 여차하면 새어 나간다.

이제 나는 일주일에 한 번씩 생활지도실에서 드레이크와 만나 서로의 다름을 이해하는 시간을 가져야 한다. 가해자는 그 자식인데도 교장 선생님은 나한테 붙은 뜨개질꾼, 외톨이, 조용한 애 딱지를 염려해서 날 혼자 내버려 두지 않기로 한 것이다.

그래, 드레이크는 얼간이가 맞지만, 어쩌면 내가 너무 방어적으로 대처했는지도 모른다.

그렇게 까칠하게 굴 필요는 없었는데.

좋게 좋게 넘어갈 수 있었는데.

젠장. 어쩌다 이렇게 됐지?

앞으로 이렇게 살아야 한다니 믿을 수 없다. 그 사건 때문에 이런 짓까지 하게 될 줄은 몰랐다.

일반적으로 학교에서 싸움질을 하면 방과 후에 남는 벌을 받는다. 운이 좋으면 멍든 눈 한쪽으로 끝나거나. 적어도 매번 '이 근사한 여정에 함께 기를 나누러' 와 주어서 감사하다는 말로 수업을 시작하는 사람들로 가득 찬 방에 가둬지지는 않는다는 말이다.

이렇게 불평하는 이유는 바로 내가 이 요가라는 걸 배워야 하는 신세이기 때문이다.

심지어 그냥 요가도 아니다. 핫요가다.

그야말로 어처구니없을 만큼 핫요가라서, 수분이란 수분은 몽땅 털린 내 몸뚱이가 아직 육포로 변하지 않은 게 신기할 정도다. 이마는 땀범벅에 팬티는 엉덩이 골짜기 아래 놓인 양동이가 된다.

내가 대비하지 못한 상황들이다.

어쩌다 이 지경까지 오게 됐냐고?

아, 그래.

아빠가 그 사건 이후 내가 내 몸을 지키는 법을 배워야 한다고 판단했기 때문이다.

나를 남자로 만들려는 아빠가 가장 최근에 한 시도다. 예술가 병에 걸려 사진이나 깔짝거리는 꼬부랑 뜨개질 요정이 아니라, 진짜 사나이로.

물론 대놓고 그렇게 말한 적은 없지만, 표정을 보면 알 수 있다. 과장이 아니다. 아빠 표정이 딱 그렇게 말한다. 그리고 아빠는 사진 찍는 취미에 대해 실제로 '깔짝거린다'라는 표현을 쓰는 사람이다. 왜냐하면 나나 다른 사람이 그걸로 돈을 벌 수 있다거나 의미 있는 일이라고 착각할까 봐.

그게 의미 있다면 엄마의 취미였을 때뿐이다.

사진. 카메라. 그건 엄마였다. 나에게 할머니 이야기를 바탕으로 하지 않은 엄마에 대한 진짜 기억은 단 하나다. 엄마가 내 손에 카메라를 쥐여 주고 어떻게 찍는지 알려 주던 순간.

엄마가 남긴 사진들은 내가 과거를 기억하는 방식이자 엄마를 기억하는 방식이었다.

아빠 말도 일리가 있긴 하다. 나는 정식으로 사진 수업을 받은 적 없다. 카메라와 사진 촬영에 관한 지식은 도서관 책과 넷플릭스 다큐멘터리에서 얻은 게 전부다. 노출, 각도, 색상, 조명 같은 잡다한 기술은 실컷 망치면서 터득했다.

하지만 렌즈를 통해 보면 내가 찍고 싶은 것이 명확히 보인다. 나는 뭘 포착해야 하는지 안다. 카메라를 이용해 내가 원하는 걸 할 수 있다.

할머니는 나를 격려해 주었지만, 아빠는 이해조차 하지 않았다. 사진 찍기와 뜨개질은 아빠에게 그저 남부끄러운 취미다. 그 사실은 어제저녁에 나를 호신술 수업에 등록시킬 때 한층 분명해졌다. 낯선 이가 뒤에서 접근할 때 엎어 치는 법 따위를 알려 주는 일반적인 호신술이 아니었다. 실제로 괴한의 목을 물어뜯는 법을 가르치는 전투 호신술이었다. 강사 이름은 브래드 하드윅(단단한 음경이라는 속어로 쓰이기도 한다: 옮긴이)이었다. 놀랍지도 않았다.

"차에서 기다릴 테니 수업 끝나면 이 앞에서 보자."

아빠가 눈에 잔뜩 힘을 주고 말했다. 아빠는 화를 낼 때 눈알이 약간 돌출된다.

어렸을 때 **돌출**이라는 단어를 그렇게 배웠다. 화가 나면 아빠 얼굴이 어떻게 변하는지 설명해야 했기 때문이다. 두 눈알이 불룩 튀어나와 만화풍이 된다. 아빠는 눈알을 눈구멍 밖으로 밀어낼수록 남들이 자기 말을 진지하게 받아들일 거라고 생각한다.

그렇게 눈알로 명령한 뒤 아빠는 사이코패스처럼 클래식 음악을 틀고 신문을 펼치며 운전석에 등을 기댔다. 뉴스는 핸드폰으로 봐도 되는데 꼭 종이 신문으로 본다.

나는 별수 없이 차에서 내렸다. 그리고 체육관의 웅장하고 깨끗한 로비로 걸어 들어가 유리 칸막이 안에서 두 남자가 맨주먹으로 대련하는 모습을 정확히 15초간 지켜본 뒤, 내 발로 그 방에 들어갈 일은 없다고 확신했다. 죽어도.

하지만 선택지가 별로 없었다. 일단 차로 돌아갈 수는 없다. 아빠가 손수 그 방으로 나를 밀어 넣어 줄 테니까. 그렇다고 로비에 가만히 서 있자니 아빠가 유리문 너머 차 안에서 나를 주시하고 있을 것 같았다. 나는 민망하지만 솔직하게 털어놓자고 마음먹고 카운터로 향했다.

"저기요."

카운터에 앉아 있는 여자에게 말을 걸었다.

"아빠가 전투 호신술 수업에 등록시켜서 왔는데요."

나는 유리 칸막이 너머 기괴한 인체 모형을 난타하는 남자를 향해 턱짓했다.

"저 수업만 아니면 아무거나 상관없거든요."

말하기 전에 미리 상대를 확인했더라면 좋았으련만.

윤기 나는 검은 머리에 짙은 남색 헤드밴드를 두른 여자가 잡지 더미에서 검은 눈을 들어 내 눈을 마주한 순간, 저

너머부터 할머니의 목소리가 흘러와 머릿속을 가득 울렸다. 파로스 집안과 엮이지 마라.

이비 파로스. 코스타 파로스와 마리아 파로스의 막내딸.

나는 0.5초간 생각했다. 혹시 내가 평생 들어 온 이야기를 얘도 똑같이 들었을까? 과거에 자기 조상이 우리 집안을 저주했다는 걸 알까? 불현듯 바보가 된 기분이었다.

물론 이비는 그 저주에 대해 모를 거다. 그런 헛소리를 믿을 리 없다. 나는 왠지 이비가 내 머릿속 망상을 간파할 것 같아서 그 생각을 얼른 떨쳐 버렸다.

이비는 다른 방을 가리키며 말했다.

"날마다 똑같은 시간에 하는 수업이야. 핫요가 지도자 과정. 마침 누가 취소해서 한 자리 비었거든. 이걸로 바꾸든지. 아무도 모를 거야."

이비가 속삭이듯 덧붙였다.

"비밀로 해 줄게."

방 안 가득한 수증기가 공포 영화의 특수 효과처럼 문틈으로 스멀스멀 기어 나왔다. 벌써 날 질식시킬 듯이 뻗어오는 열기도 마찬가지였다. 그 방은 지옥으로 가는 입구 같았다.

"언제?"

이비가 몸을 앞으로 내밀며 물었다. 뻘쭘함과 할머니와의 약속은 둘째 치고, 이비의 눈을 똑바로 마주 보기 어려웠다. 그 애가 예쁘기 때문만은 아니었다. 예쁘긴 했다. 맙소사, 진짜로. 이비는 마치 검은 머리를 휘날리며 바다에서 떠올라 적들의 시체를 줄줄이 끌고 나오는 요괴처럼 보였다. 아름다움과 무서움의 완벽한 조화랄까.

그 조화는 그러니까, 그 애한테서 뿜어져 나오는 자신감 때문이었다.

그때 호신술 방에 있는 남자들이 구호를 외치기 시작했다. 고개를 돌려 보니 공교롭게도 드레이크가 막 그 방으로 들어가고 있었다.

미친.

같은 반 녀석으로부터 스스로를 방어하는 수업을, 그것도 녀석과 함께 받으면 내 꼴이 얼마나 우스울까?

구호는 점점 커졌다.

우리는 전사다!

우리는 저어언사다!

저어어어어언사아아아아아!

나는 이비를 향해 고개를 끄덕였다.

그야, 젠장, 선택의 여지가 있긴 해?

그 순간 이비가 지은 표정은 그리스 여자에 대한 할머니의 경고를 아주 그럴싸하고 현실적인 조언으로 느껴지게 했다.

이비는 컴퓨터에 몇 가지 사항을 입력하고는 천연덕스럽게 말했다.

"다 됐어. 들어가 봐."

너무나 간단해 보였다. 나는 고맙다고 말하고서 지옥의 늪, 즉 요가실로 어색하게 걸음을 옮겼다.

그때 등 뒤에서 이비가 말했다.

"참고로 난 저주 같은 거 안 믿는데, 너 이번 일로 나한테 신세 하나 진 거다? 언젠가 갚을 기회가 있을 거야."

나는 우뚝 멈춰서 이비를 돌아봤다. 농담인가? 내가 잘못 들었나? 저주는 할머니가 그냥 지어낸 얘기 아니었나?

그 순간 이비의 검은 눈이 좀 더 짙어지면서, 맹세컨대 공간이 한층 싸늘해졌다. 이비는 아빠 차가 있는 주차장을 향해 고갯짓하면서 손가락을 입술에 대고 쉿, 하고 속삭였다.

마력이 있는 눈이었다. 누구라도 그 눈을 보면 혹시 내가 뭔가 잘못했나, 혹시 돌이킬 수 없는 멍청한 말을 했나 잠시나마 고민할 것이다.

다시 할머니의 목소리가 들렸다.

파로스 집안과 엮이지 마라.

이미 늦었다.

요가실에 들어서면서 얼굴에 더운 기운이 확 끼치자, 여기서 내가 더 겁낼 게 남아 있나 싶었다.

엄마가 세상을 떠난 건 내가 네 살 때다. 하지만 엄마 없는 세상을 처음 깨달았을 때 얼마나 두려웠는지는 어제 일처럼 생생하다. 엄마는 밤마다 나를 재워 줬다. 별자리 조명등을 켜 주고 내가 잠들 때까지 손을 잡아 주곤 했다.

엄마를 떠나보낸 날 밤은 아빠가 날 침대에 뉘었다. 낯설게 느껴지는 밤이었다. 엄마는 유방암이었는데 전이 속도가 빠르고 항암 치료가 듣지 않아 꽤 급작스럽게 우리 곁을 떠났다. 우리는 엄마 없이 어떻게 살아야 할지 몰랐고 나는 너무 어려 죽음이 영원하다는 걸 몰랐다. 그래도 당장 엄마가 없어서 슬프다는 건 알았다. 아빠는 버벅거리며 별자리 조명등을 켜 주었고, 그리스에서 날아온 할머니가 내가 울다지쳐 잠들 때까지 품에 안아 얼렀다.

아빠는 내 방문을 열어 놓고 그 앞 복도에 베개와 이불을 끌어와서 잤다. 외로워서였는지도 모른다. 우리와 함께 있고 싶어서. 하지만 그날 이후로는 할머니 혼자 내 잠자리를 챙겼다. 사실 할머니는 많은 일을 혼자 챙겼다. 그러니 작년에 할머니가 돌아가셨을 때 내가 얼마나 막막했겠는가. 집안이 너무나 고요했다.

나는 고요를 좋아한다. 정말로. 하지만 할머니가 돌아가신 뒤로는 견딜 수 없을 만큼 고요했다. 노인 한 명이 내는 생활 소음이 얼마나 시끄럽겠냐마는 할머니는 공간도 많이 차지했다. 항상 재봉틀을 돌리거나 옛날 영화를 보거나 전화

통화를 하거나 요리를 했다. 시끄럽지는 않은데 온 집 안을 가득 채웠다. 소리가 없어도 할머니의 존재감이 느껴졌다. 할머니는 물리적 공간보다 더 큰 공간을 채웠다. 내 어린 시절을 채웠다.

아빠는 날 어떻게 다룰지 몰랐다. 나는 마구 뛰놀고 싶지 않았다. 혼자 있는 걸 좋아했다. 툭하면 울고, 너무 예민했다. 아빠에게는 전부 탐탁지 않았다.

내가 하는 일은 늘 아빠의 기준에 모자랐다. 딱히 쓴소리를 듣지 않아도 알 수 있었다. 실망이란 게 원래 그렇다. 상대방의 표정을 보거나 말을 듣지 않아도 피부로 느껴진다. 몸짓과 태도에서 전해진다. 제삼자는 눈치 못 채더라도 당사자는 느낀다. 아빠가 진심으로 날 위해 해 준 유일한 일은 할머니를 그리스에서 아예 모셔 온 것이다. 아빠는 나에게 할머니가 필요하다는 걸 알았다.

엄마가 떠난 뒤 집 안은 공허했다. 할머니가 와서 엄마의 빈자리가 지워진 것은 아니지만, 할머니는 최선을 다해 어둠을 메꿨다. 더는 세상이 캄캄해 보이지 않을 때까지.

할머니가 주로 선택한 무기는 이야기였다. 할머니의 가장 큰 미덕은 내가 몰라도 되는 것들까지 얘기해 주는 솔직함이었다. 할머니는 진실만을 말했다. 심지어 내가 듣고 싶지 않더라도.

할머니는 그리스에 다른 가족과 손주들을 남겨 둔 채

미국으로 건너왔다. 아빠가 나에게는 할머니가 절실하다고 설득했기 때문이다. 애처롭게 들렸을지언정 틀린 말은 아니었다. 모두가 인정했다. 나는 할머니가 필요했다. 아무 조건 없이 날 사랑해 주고 내 말을 들어 줄 사람. 아빠는 본인이 그렇게 할 수 없다는 걸 알았고, 할머니가 나에게 모든 것을 가르쳤다.

할머니는 나한테 욕설을 가르쳤다. 그리고 평생, 죽어도 담배는 피우지 말라고 했다. 할머니는 입에 담배를 물고서 그렇게 말했다. 흉내라도 냈다가는 날 죽이겠다고.

할머니는 내 손을 겹쳐 잡고 코바늘을 놀렸다.

"초조할 때는 이렇게 손을 바쁘게 하렴, 아가피 무."

그렇게 할머니는 의자에, 나는 바닥에 앉아 함께 무언가를 만들어 냈다.

레오니다스, 이 할미가 이야기 하나 해 주마.

레오니다스, 잘 들어라.

레오니다스…….

할머니가 내 이름만 불러도 좀 더 힘이 솟는 느낌이었다.

할머니가 지어 준 이름이 썩 마음에 들지는 않는다. 부담스럽다. 스파르타 전쟁 영웅을 닮기를 바라는 마음으로 지었을 테니까. 더욱이 나처럼 천성이 유약하고 뜨개질과 사진 찍기가 취미인 사람에게는 무겁기만 한 이름이다. 위대한 레오니다스가 불안장애라니 웬 말인가.

그래서 나는 할머니 무덤에 가서 말을 걸곤 한다. 좀 더 강하고 용감한 사람이 된 듯한 기분을 느끼고 싶어서. 그리스 정교회가 드디어 화장을 허락했는데도 할머니는 옛날 사람이라 땅에, 이왕이면 고향 땅에 묻히고 싶어 했다. 그러나 그리스는 묘지가 심각하게 부족해서 묘지도 집처럼 전세 계약을 맺어 옮겨 다녀야 할 지경이었다. 할머니도 그건 끔찍하다며 우리와 가까운 곳에 묻히겠다고 했다.

엄마는 아빠와 내 손에 바다에 뿌려졌다. 우리가 자기 무덤을 찾지 않았으면 한다는 유언에 따라.

그러니까 가문의 저주가 진짜고 거짓말이 정녕 불운을 불러온다 해도…… 최악의 상황은 이미 벌어진 것 아닌가?

3

오늘의 자세 : 다운독 자세

엉덩이를 높이 들고 엎드려뻗친 채 그리스계 특유의 털 많은 발등을 응시하다가 시선을 앞으로 옮겨 마찬가지로 털 많은 손등을 응시한다.

요가에서 가장 기본이면서 많이 하는 자세라고 한다. 강 사인 애나벨이 우리에게 '흐름'을 시작하자며 시키는데, 나는 그 단어를 들을 때마다 왠지 오줌이 마렵다.

이 수업을 듣는 사람들은 전부 요가를 한 지 꽤 됐다. 한 구석에 있는 남자는 팔꿈치로 물구나무를 서고 다른 한구석 에 있는 남자는 자기 거시기로 체중을 버틴다.

그래, 농담이다. 다들 그 정도로 잘한다는 뜻이다. 어떤 할 머니는 〈스타워즈〉 시리즈의 요다처럼 중력을 거스르고, 내 또 래 여자애들도 거꾸로 척척 선다. 다들 이곳을 좋아하며 나처럼 집안 대대로 강요된 남성성을 피하려고 요가를 시작한 사람은 아무도 없다.

하지만 그들은 나를 그룹의 일원으로 받아들였다. 나는 차라리 그들이 나를 싫어했으면 했다. 지나친 친절에 몸 둘 바를 모르겠으니까. 내가 비틀거리면 누군가 자세를 교정해 주고, 내가 뒤처지면 누군가 격려의 눈짓을 보낸다. 그냥 내가 글렀다는 걸 인정해 주면 마음이라도 편할 텐데.

그 대신 나는 모두가 훈련시키고 싶어 하는 강아지가 되었다. 엉터리로나마 자세를 따라 할 때마다 다들 내가 처음으로 테니스공을 물어 온 것처럼 기특하게 바라본다.

ⲗⲗⲗ

우리는 수업 전과 후, 그리고 틈날 때마다 기록을 해야 한다. 성장하는 과정을 되새기는 수단이라는데, 나한테는 주로 이게 뭐 하는 짓거리인가 되새기는 수단이 될 것 같다. 어차피 나만 보는 거라니까. 애나벨은 또한 나의 '진척'을 관찰할 수 있게 새로 배운 자세를 먼저 기록하라고 했다. 그 정도라면 뭐.

어제 수업이 끝난 뒤, 아빠는 조수석에 앉은 나한테서 최대한 멀찍이 떨어져 창문을 열더니 그리스어로 땀 냄새를 불평했다. 하지만 운전하면서 한 번씩 날 보고 대견하다는 듯이 고개를 끄덕였다.

아빠가 그런 눈빛으로 나를 바라본 것은 처음이었다. 내 시큼털털한 남자 냄새가 이끌어 낸 반응이라는 게 조금 슬펐지만.

하지만 내가 여자들로 가득 찬 방에서 분홍색 요가 매트를 깔고, 땀방울이 눈에 들어가지 말라고 누군가 준 보라색 헤드밴드를 착용한 채 운동했다는 사실을 알게 된다면…… 흔치 않은 대견함의 순간마저 끝나겠지.

요가실은 댄스 학원처럼 생겼다. 앞쪽에 발레 바가 있으니 분명 예전에는 그런 용도로 쓰였을 것이다. 지금은 징과 전자 양초, 어둠 속에서 더욱 으스스해 보이는 불상으로 꾸며 놓았다.

편안한 공간이어야 하고 실제로도 그런데, 왠지 모르게 신경을 거스른다. 이래도 긴장을 안 풀 거냐고 다그치는 느낌이랄까. 그럴 때 내가 원래 있어야 할 다른 방을 떠올리면 금세 마음이 누그러진다.

여기선 다들 서로 아는 사이처럼 보인다. 아마 한동안 함께 수련을 해 왔을 것이다. 그리고 호흡할 때마다 건강한 사람들 특유의 약간 재수 없는 표정을 짓는다. 마치 자기들이 마시는 공기가 더 신선하다는 듯이. 나는 숨을 깊이 들이마시면 내 겨드랑이 땀내밖에 안 난다.

내가 매트를 까는 곳은 맨 뒤쪽, 최대한 벽에 가까운 자리다. 가능하면 왼쪽 구석 환풍구 옆에 자리 잡고 싶지만, 수강생이 그리 많지 않아서 혼자 덩그러니 떨어져 있으면 단박에 눈에 띄고 만다. 이미 한 번 시도했다가 애나벨이 '안쪽으로 들어와 달라'고 요구했다.

물론 상냥하게 말했지만, 왠지 사이비 집단에서 피의 맹세를 나누자고 손짓하는 느낌이 들었다. 요가 바지를 입고 물병 안에 과일 조각을 띄운 건강 숭배자들의 모임.

"오늘도 여러분의 아름다운 기를 나누기 위해 이 자리에 와 주셔서 감사합니다. 부디 각자 자기 속도에 맞춰 수련하고, 유능한 지도자가 될 수 있도록 서로 격려해 주는 걸 잊지 맙시다."

애나벨이 언뜻 내 쪽으로 눈을 빛내며 그렇게 말한 것으로 보아 내가 유능한 지도자 후보는커녕 끔찍한 몸치라는 점을 다 함께 무시하자는 뜻인 듯하다. 동작의 난이도와 관계없이 내가 자주 넘어진다는 걸 고려하면 쉽지 않은 일이다.

두 발로 일어섭니다.

두 손을 뻗습니다.

그대로 몸을 기울입니다.

심호흡합니다.

이건 아빠에게 거짓말한 대가일지도 모른다.

오늘 차에서 내리며 밤늦게야 아빠를 다시 볼 거란 걸

알았다. 아빠가 수요일 저녁마다 어디 가는지는 모른다. 매번 냉장고나 식탁 위에 돈을 올려놓고 아홉 시쯤 돌아온다.

아빠는 로스앤젤레스의 그리스 영사관에서 일하는 통번역사다. 사람들이 어려워하는 각종 서류 처리를 돕는다. 가끔은 법정 통역사로 일하기도 한다. 아마 수요일 저녁 외출도 일 때문일 것이다.

아빠가 특정 시간에 어디 가는지 모르고 물어보지도 않는다는 게 정상은 아닐지도 모른다. 하지만 우리는 대화를 안 한다. 내 학교생활을 가끔 묻고 답하는 것 말고는 정말이지 아무 말도 안 한다.

약 2초간의 대화로 아빠는 내 삶 전반에 대해 필요한 모든 정보를 얻고, 너무 깊이 들어가기 전에 빠져나간다.

그 점은 늘 할머니를 언짢게 했다. 할머니는 우리 가족의 크리스마스와 생일 선물을 챙기고 그리스 여행을 계획하는 사람이었다. 할머니가 없었다면 우리 부자는 훨씬 더 서먹했을 것이다. 실제로 할머니가 떠난 뒤 할머니의 존재가 우리 삶을 지탱해 왔다는 걸 절실히 느꼈다. 그 태양 같은 존재는 줄담배를 피웠다. 망할 담배. 담배만 아니었으면 할머니는 살아 있을 테고 이 모든 일도 벌어지지 않았겠지.

오늘 드레이크와 생활지도실에서 첫 만남을 가졌다. 그 작은 공간에서 녀석의 덩치는 더욱 커 보였다. 생활지도 담당 토머스 선생님은 우리가 형제로서 화합해야 한다고 했다.

형제. 그 말을 듣자마자 속으로 구역질을 했다. 드레이크도 비위 상한 표정을 지었지만 못 본 척했다. 우연히라도 녀석과 공감대를 형성할까 봐.

12분 동안 완전한 침묵이 흐른 뒤, 토머스 선생님이 한마디 했다. 때로는 상대방을 이해하기 위해 그저 같은 공간에 있는 게 중요하다고. 그러자 사촌 드미트리와 함께한 여름 방학이 떠올랐다. 그 애는 툭하면 손에 방귀를 뀌어 내 얼굴에 뿌렸다. 그 여름 내내 숱한 시간을 같은 공간에서 보냈지만 나는 드미트리를 조금도 이해하지 못했다.

토머스 선생님은 이상한 교회 음악을 틀었고, 드레이크와 나는 눈을 마주치지 않으려고 애쓰며 남은 시간에 각자 허공을 응시했다. 선생님은 늘 밝은 옷을 입는데 아마 치어리딩 코치라서 그런 듯하다. 그 사실을 우주에서도 보일 만한 형광 노랑 폴로셔츠로 증명해야 속이 시원한 모양이지. 또 선생님은 이 학교에서 가장 젊은 교직원이며 마이클 B. 조던(미국 영화배우. 마블 영화 〈블랙 팬서〉의 악당 에릭 킬몽거 역을 맡아 유명해졌다: 옮긴이)의 도플갱어다.

본인도 그 별명을 익히 들었는지 컴퓨터 모니터 아래 고개를 까딱이는 에릭 킬몽거 인형을 두었다. 선생님은 한 번씩 우리를 기대 섞인 눈으로 쳐다봤고, 그때마다 나는 선생님 그리고 드레이크와 눈이 마주칠세라 딴 곳을 보며 딴 사람을 생각했다. 이비 파로스.

이비는 아마 그날을 기억하지 못할 거다. 그리스계 학교가 쉬는 줄 모르고 우리 둘만 등교하는 바람에 부모님이 데리러 올 때까지 한 시간쯤 기다려야 했던 날. 나는 생생히 기억한다. 좀이 쑤신 드레이크가 자세를 이리저리 고치느라 내는 시끄러운 의자 소리를 무시하며 나는 그날을 떠올렸다. 하필 바지 주머니에 넣어 둔 땅콩 캐러멜이 녹아서 책가방을 안아 그 부위를 가렸던 기억이 난다. 이비는 하얀 민소매 티셔츠와 청바지를 입고 내 옆에 앉았다. 열한 살의 나는 눈치 없는 숙맥이었다.

이비는 동서남북 종이접기 안에 여러 운세를 적어 넣더니 나더러 방향과 숫자를 고르라고 했다. 정확한 명칭은 모르겠는데 여자애들은 어떻게 만드는지 다 안다. 그렇게 우리는 미래를 점치며 시간을 보냈다.

마침내 부모님들이 와서 우리는 각자 차에 탔다. 나는 할머니한테도 내 운세를 알려 주려고 했다. 이다음에 결혼해서 아이를 넷이나 낳을 거라고.

그런데 할머니가 엄한 얼굴로 고개를 가로저으며 말했다.

"파로스 집안과는 엮이지 마라."

부연 설명도 없고 엉터리 규칙 같아서 그냥 흘려들었다.

게다가 그날 이후로 이비 파로스를 좋아하지 않는 건 어려웠다. 나는 동서남북 종이접기를 알아내서 쉬는 시간에 한 무리의 아이들과 앉아 있는 이비 앞에 접은 종이를 내밀었다. 나는 또래 집단의 규칙을 몰랐다. 그 안에서 내가 어떤 위치인지 몰랐다.

고맙게도 이비가 곧바로 알려 주었다. 검은 눈으로 날 똑바로 보며, 아주 차분하고 진지한 말투로, "우린 친구 아니야"라고. 나는 그대로 뒷걸음질 쳤고 수업이 끝난 뒤 종이도 버렸다. 그날 얻은 약간의 자신감도 함께 쓰레기통에 처박혔다. 묘하게 속이 상했다. 마치 긴 시간 공들여 준비한 선물이 눈앞에서 짓밟힌 듯한 기분이었다.

하긴 나중에 생각해 보니 남들 앞에서 그렇게 무작정 들이댄 쪽이 멍청했다. 너무 순진했다. 지금의 나라면 상상도 못 할 일이다. 그때 나는 이비가 나한테 잘해 준 게 아니라 그저 시간을 때울 상대가 필요했다는 걸 몰랐다. 이비는 따분했을 뿐이다.

그런데 왜 아직도 믿기지 않는지 모르겠다. 그날 우리가 함께 웃었다는 게.

오늘 체육관에서 회원 카드를 건넬 때도 이비는 날 생전 처음 보는 사람처럼 대했다. 검은 머리, 검은 눈, 검정 요가 팬츠, 그리고 새파란 탱크톱. 이비는 내 카드를 스캔하면서 나를 쓱 훑어보았다. 그 순간 나는 그 애가 쳐다봄으로써 내가 존재하는 듯한 착각이 들었다. 한심한 기분으로 서둘러 카운터에서 벗어났다.

파로스 집안과 엮이지 마라. 익숙한 목소리가 속삭였다.

노력하고 있다고요, 할머니.

하지만 그 애는 그리스계다. 엄마 아빠 모두 그리스 출신이다. 일요일마다 그리스 정교회에 나왔으며 어릴 때부터 그리스계 학교에 다녔다. 그러니 내가 설령 숲에서 벌레를 잡아먹고 사는 은둔형 인간이라 해도(벌레를 먹는 것만 빼면 틀린 말은 아니다), 이비 파로스를 모르지는 않았을 것이다.

그런데 또 한편으로는 아무도 이비를 잘 모르는 것 같다. 여름 방학과 크리스마스 사이에 분위기가 확 바뀌었기 때문이다.

작년 학기 말, 이비는 조던 스완지와 함께 인기의 절정에 있었다. 내가 이비를 볼 때마다(물론 먼발치에서) '저 바위 근처에는 노래로 사람을 홀리는 인어가 산다' 식의 오싹한 아름다움을 느끼곤 했지만, 그 무렵에는 유독 모두가 이비를 우러러봤다. 두 사람은 고등학교 안에서 왕족 같았다.

뭘 해도 용서가 되는 부잣집 커플이었다.

헤어지기 전까지는.

다른 애들한테 물어봤다면 이유를 금방 알 수 있었을 것이다. 사실, 그랬다면 필요 이상 많은 걸 알게 됐겠지.

드레이크를 힐끗 봤다. 녀석은 헤드폰을 낀 채 고개를

까딱이고 있었다. 나는 이비와 조던 사이에 무슨 일이 있었는지 물어볼까 했다. 그런데 드럼 솔로라도 듣는지 갑자기 귀에 들어간 물을 빼듯 고개를 터는 녀석의 꼴을 보고 마음을 바꿨다. 그때 종이 울렸다. 나는 생활지도실을 나가려고 일어섰다.

"야, 너 이거 떨어뜨렸어."

돌아보니 드레이크가 내 대나무 코바늘 한쪽을 들고 있었다.

"고마워."

나는 코바늘 보관함을 꺼내 그것을 받아 넣었다. 그 안에는 이미 스무 개쯤 되는 다양한 크기의 코바늘이 있었다. 드레이크는 방을 빠져나가기 전에, 자기가 얼마나 혼란스러운지 설명할 수 없다는 듯 입을 벌린 채 나를 바라보았다.

보관함을 가방에 도로 넣을 때였다. 간담이 발치까지 뚝 떨어졌다. 어딜 가나 챙겨 다니는 손에 익은 파일이 만져지지 않았기 때문이다.

사라진 것이다.

내 포트폴리오, 내 사진들이.

감쪽같이.

나마스떼,

레오

나는 늘 위가 아프다. 항상. 어김없이. 긴장할 때도, 배고플 때도, 말할 때도, 생각할 때도. 그냥 아프다. 모든 자극에 대한 반응이다.

음식물을 저장하고 소화하는 기관이 어째서 내 몸의 주요 경고등이 되었을까? 왜 이런 신호를 받는 걸까? 왜 내 정신 건강을 대변할까? 이유는 모르겠지만 파고들지 않는 편이 낫다. 이럴 때 요가가 도움이 되어야 하는데 나는 요가에 소질이 없다.

그래, 거짓말이다. 나는 아기 자세와 다운독 자세의 달인이다. 송장 자세도 빼놓을 수 없다. 그 자세 하나는 끝내주게 해낸다.

오늘 애나벨은 수업을 시작하면서 자신의 강점에 집중

해 보라고 했다. 자기가 잘하는 것에.

나는 괜찮은 척을 잘한다. 상태가 안 좋아도 곧잘 태연한 척한다. 그렇게 훈련했다. 왜냐하면 괜찮지 않을 때마다 머릿속에 아빠 목소리가 울리니까.

그만 울어라, 레오.

스카즈모스(입 닥쳐).

젠장, 넌 어떻게 5분에 한 번씩 우냐.

봐라, 다른 애들도 너처럼 우는지, 어?

너만 그러잖아.

그래. 나만 그런다.

불안장애가 있는 사람은 팔랑크스의 일원이 아니다. 고대 그리스 전투 부대인 팔랑크스는 창과 방패를 든 조각 같은 몸매의 병사들로 이루어졌다. 나처럼 전투 중에 사망할 수 있는 모든 경우의 수를 따지는 사람은 낄 수도 없고 껴서도 안 된다.

너만 그러잖아, 레오니다스.

다른 애들한테는 그런 말이 먹히겠지. 쟤들을 봐, 다들 평범하게 굴잖아? 네가 특이한 거야. 그럼 애들은 이상한 짓을 멈추고 얌전해질 것이다.

하지만 나에게는 멈출 수 없다는 걸 상기시키는 말일 뿐이다. 이상한 짓을 멈추지 못해 더 이상한 애가 되어 버리는 거다.

그런 생각을 하니 기분이 더 안 좋아졌다. 여전히 쓰라린 기억이었다. 심지어 요가 중인데. 부정적인 기운을 지옥으로 돌려보내야 하는데. 아니, 어디로든.

그 대신 내 생각은 생활지도실에서 나눈 강렬한 대화로 돌아갔다.

"야, 너 똥 못 쌌냐?"

드레이크가 뜬금없이 물었다.

토머스 선생님이 날카롭게 쳐다봤다. 험한 말이 오가는지 두고 보겠다는 눈빛이었다.

"뭐라고?"

아마 나는 괜찮은 척을 썩 잘하지는 못하나 보다. 나도 모르게 얼굴을 구기고 있었던 모양이다.

드레이크의 기습은 하루 이틀이 아니건만 여지없이 당하고 만다. 나는 집에서 가져온 즉석 부리토를 한 입 베어 물고 녀석을 바라봤다.

"얼굴이 꼭 변비 걸린 것 같아."

녀석은 행여 내가 잘 못 들을까 봐 또박또박 말했다.

무시하려 했지만 그런다고 물러설 놈이 아니었다. 방 안은 쥐 죽은 듯이 조용했다. 토머스 선생님은 컴퓨터에 무언가를 입력하며 집중하는 척했다. 나는 그 위쪽 벽에 붙은 인용구를 바라보고 있었다. 영문학 시간에 배운 메리 올리버의 시구절이었다.

말해 보라, 단 하나뿐인 거칠고 소중한 삶을 걸고
당신이 하려는 일이 무엇인가?

벽에 인용구를 써 붙이는 사람은 하늘의 별처럼 많지만,
이 구절은 꽤 괜찮은 축에 들었다. 다만 다른 동기 부여 포스
터들에 둘러싸인 게 흠이었다. 인용구 주위는 유니콘과 축구
선수, 서로 손잡은 아이들 이미지로 도배되어 있었다.

드레이크는 자기가 불쾌한 말을 던진 것도 모른다는 얼
굴로 내 반응을 기다렸다. 의자 등받이에 기대 사과를 깨물
어 먹는데, 과육이 튈 정도로 우적거리는 턱이 흡사 벨로시
랩터(날렵한 사냥꾼이라는 뜻으로, 백악기 후기 공룡이다: 옮긴
이) 같았다.

토머스 선생님은 타자를 멈추고 괜히 책상 위 서류를
뒤적였다.

"네 얼굴. 어디 아프거나 뭐가 마려운 것 같다고."

"속이 안 좋아서."

내가 대꾸했다.

필요한 만큼의 정보와 교류가 충족됐는지 드레이크가
등을 편안히 젖혔다. 그러고는 내 부리토를 보며 말했다.

"그 부리토는 쓰레기야. 아직 변비가 없다면 조만간 생
길걸."

드레이크는 가방에서 남은 사과를 꺼내 나한테 던지더

니 헤드폰을 끼고 다시 의자에 등을 기댔다. 귀를 다 덮고도 남는 커다란 헤드폰이었다. 그래서 고맙다는 내 말을 못 들었다.

할머니는 이렇게 말했을 것이다. 사람은 여러 면이 있단다, 아가피 무.

하지만 사과 하나에 감동하여 실은 내 배가 온갖 해로운 감정을 품고 있어서 아픈 거라고 털어놓을 생각은 절대 없었다. 게다가 나는, 아빠의 방해에 굴하지 않고, 불안해도 괜찮다고 배웠다. 불안해하는 건 내 잘못이 아니라고. 다들 불안해하며 산다고.

다만 내 머리를 통째로 쥐고 흔들어 일상을 공포로 몰아넣는 불안은 단순한 불안이 아니다.

지나치고, 집요하고, 위력적인 불안이다. 반복되는 강렬한 공포의 경험이 문제를 일으킨다. 공황발작. 불안발작. 그것들은 몸을 장악한다. 몸이 불안의 폭풍에 갇혀 빠져나갈 방법을 찾지 못하고, 결국 내 의지를 배반하고 반응한다. 보통은 복통을 느끼지만 어떨 땐 호흡 곤란을 겪는다. 식은땀을 흘린다. 잠을 못 잔다. 한마디로, 피곤함을 달고 산다.

사람들은 툭하면 피곤하다고 하지만, 나에게는 빈말이 아니다. 단 한 번도 푹 쉬었다고 느낀 적 없다. 여덟 시간 숙면하더라도 침대를 벗어나는 순간부터 뇌가 달리기를 시작한다. 마치 러닝 머신 위를 끝없이 달리는 것처럼. 차마 전원

버튼이 어뎠느냐고 남들한테 물어보지는 못한다. 그야 다들 각자 알아서 잘 조절하는 것 같으니까. 모르긴 몰라도 나보다는 잘 조절할 것이다.

나는 사람 많고 시끌벅적한 행사는 무조건 피한다. 그런 곳에 있으면 과일 푸딩 속에서 헤매는 기분이 든다.

가끔은 다 함께 도망치는 상황에서 나 혼자 발이 떨어지지 않는 악몽을 꾼다. 정확히 무엇으로부터 도망치는지는 몰라도 다들 제 발로 달아날 수 있는데, 나만 혼자 그 자리에 남아 손으로 발을 들어 올리려고 낑낑거리다 깬다.

중학생 때부터 인터넷 검색으로 내 증상이 아닌 것들을 하나씩 빼며 문제를 파악하기 시작했다.

사람 많은 곳은 꺼리지만 외출이나 야외 활동에 두려움을 느끼지는 않으므로 광장공포증은 제외.

어떤 상황에도 말이 안 나왔던 적은 없으므로 선택적 함구증도 제외.

남달리 병적으로 기피하는 것도 없으니 특정 공포증도 제외.

물질 유도성 불안장애와 사회 불안장애는 얼핏 그럴듯해 보이지만 약물에 의존한 적도, 사회적 상황에 극도의 불안을 느낀 적도 없으므로 둘 다 제외.

그러다 고등학교에 입학하면서 나한테 들어맞는 두 진단명을 발견했다. 범불안장애와 공황장애.

범불안장애는 일상 속 다양한 주제에 대해 과도하고 지속적으로 불안해하고 걱정하는 게 특징이다. 불안의 강도와 빈도, 기간이 실제 상황에 비례하지 않고 통제가 어려우며 신체적으로 불편함을 느낀다. 종종 다른 불안장애나 우울증과 함께 발생한다.

공황장애는 극심한 불안과 공포 또는 공황발작(몇 분 안에 최고조에 달하는 공포)이 예고 없이 반복되는 현상이다. 공황발작은 곧 죽을 것 같은 느낌, 호흡 곤란, 가슴 통증, 비정상적인 두근거림을 동반한다. 이런 증상이 반복되면 언제 발작이 올지 몰라 노심초사하고 발작이 일어날 가능성이 있는 상황을 회피하게 된다.

둘 다 맞지만, 굳이 따지자면 범불안장애가 더 적합하다. 마치 내 뇌가 뷔페처럼 차려진 증상들을 거대한 접시에 꾸역꾸역 담아 테이블로 가져오는 모습이 연상된다.

안절부절못하고 초조함—그렇다

당장 무슨 일이 발생할 것 같음—항상 그렇다!

심박수 증가—그렇다

호흡이 빨라짐(과호흡)—그렇다

땀이 남—그렇다

떨림—그렇다

무기력하고 피곤함―그렇다

집중하거나 현재 걱정거리 외의 것을 생각하는 데 어려움을 겪음―그렇다

잠을 잘 못 잠―가끔 그렇다

기능성 위장 장애―항상 그렇다

불안을 다스리는 데 어려움을 겪음―암요

내가 처음(이자 마지막)으로 운전 연습을 받을 때 가벼운 공황발작을 겪지 않았다면 자가 진단에 그쳤을 것이다. 그날 나는 내가 졸업한 초등학교 주차장의 '천천히, 어린이가 놀고 있습니다' 표지판을 들이박고 말았다. 식은땀을 흘리고 호흡이 불규칙해서 강사가 보호자를 불렀다.

할머니는 날 병원에 데려갔고, 자가 진단은 전문의 소견과 일치했다. 듣자 하니 불안장애를 지닌 사람들 대부분이 나와 같은 증상을 겪는다고 했다.

우리는 이미 자기가 불안하다는 걸 잘 안다. 다만 의사와 만나 이야기를 하면 그 불안의 정도를 측정할 수 있다. 어쨌거나 벌써 3년 전 얘기다.

솔직히 나는 되도록 의사를 만나고 싶지 않다. 엄마가 아플 때 질리도록 만났다. 아픈 사람들을 대하는 게 직업이니 모든 환자에게 정성을 다할 수 없다는 건 안다. 하지만 회진을 도는 의사가 괴로워하는 엄마를 대할 때의 무심한 표정은…… 쉽게 지워지지 않는다. 다음 의사는 좀 더 시간을

들여 보살펴 주기를 내심 바라게 된다.

어쨌든 할머니는 내가 비상시에 뭔가 의지할 게 있다고 느끼길 원했다. 동감이었다. 그래서 처방전을 받아 왔다.

문제는 내가 약을 별로 좋아하지 않는다는 거다. 약이 잘 들지 않을 때 약간 어지러운 느낌이 싫다. 그리고 무언가에 의지해서 기분이 나아지는 것도 싫다. 하지만 할머니가 옳았다. 선택지가 있어서 마음이 약간 놓였다. 감당하기 어려운 상황이 오면 이용할 수 있는 선택지.

의사는 진료를 마치며 내가 잘 대처하고 있는 것 같다고 말했다.

그런데 이런 게 있다. 불안증이 있는 사람에게 불안해 보이지 않는다고 말하는 건 칭찬이 아니다. 그 말은 불안을 숨기는 데 도가 텄다는 뜻이니까. 아무래도 오늘 드레이크 반응을 봤을 때 내 불안증은 생각보다 더 티가 나는 모양이다.

그리고 아무한테나 털어놓을 수 있는 것도 아니다. 할머니가 아빠에게 얘기했을 때 깨달았다.

아빠는 내가 할머니의 관심을 끌려고 징징대는 거라고 했다. 관심에 목말라서라고. 그야 너무 유난스러우니까.

아마 그래서 많은 사람이 오해하는 거다. 불안증을 내세워 관심을 얻고 결핍을 채우려 한다고. 아니, 진실은 그렇지 않다. 나는 스스로 감당할 수만 있다면 아무한테도 말하지 않을 거다. 실은 지금도 그러고 있다. 긴장감이 높아지면 나는 그저 입을 다물고 조용히 내 안으로 움츠린다. 소란을 떨지 않고 특별한 내면의 여행을 떠난다.

하지만 할머니는 눈치가 백 단이었다. 약물과 상담 치료에 대한 지식은 없었지만 사랑하는 손자를 도울 다른 방법을 찾아냈다. 마티 뜨기. '악마의 눈 상징'에 악을 물리치는 힘이 있다고 확신했기 때문이다.

그렇다 해도 어디까지나 스스로 감당할 문제다. 내 불안은 남들과 다르고, 누가 내 문제를 두고 이래라저래라 하는 게 싫다.

아빠도 뭐가 최선인지 몰랐고, 여전히 모른다. 우리는 주일마다 교회에 간다. 시키는 사람이 없는데도 꾸준히 하는 유일한 일이다. 할머니 없이 처음 맞은 일요일에 우리는 옷을 차려입으며 잠시 할머니가 영영 떠났다는 사실을 잊었다. 그리고 교회에 가서 한 시간 동안 나란히 앉아 있다가 왔다.

나쁘지 않다. 하지만 굳이 함께하는 일이라고 부르고 싶지는 않다. 우리 둘은 단지 같은 시간에 같은 공간을 공유할 뿐이니까.

나마스떼,
레오

5

오늘의 자세: 까마귀 자세

이건 또 다른 역자세, 즉 몸을 거꾸로 하는 자세다. 물론 가능하다면 말이다. 목표는 팔뚝에 무릎을 살포시 얹는 것이다.

우선 다운독 자세에서 무릎이 팔꿈치에 닿을 때까지 앞으로 걸어온다.

그 상태에서 팔을 살짝 구부린다.

발뒤꿈치를 바닥에서 들어 올린다.

무릎을 위팔에 걸치고 발을 완전히 띄운다.

불가능하지는 않다. 실제로 해내는 수강생들을 똑똑히 보았으니까. 하지만 누군가는 균형을 잃고 자신이 흘린 땀 웅덩이로 얼굴을 처박았고, 또 누군가(나)는 꼬인 다리를 풀고 다시 시도하려고 낑낑댔다. 그런 정신 사나운 순간에도 나머지는 자세를 유지해야 했다.

앞서 땀 얘기를 하긴 했지만, 제대로 안 했다. 핫요가를 경험해 본 적 없는 사람이 충분히 이해할 만한 수준으로는.

수업 시작 전에 누군가 거대한 포대 자루로 이전 수업에서 나온 땀을 닦은 뒤 마른 수건을 밟고 돌아다니며 바닥에 남은 습기를 제거한다. 그걸 보며 속으로 헛구역질하고 나면 수업이 시작된다.

수업 시작 약 30분 후, 각자의 매트는 다시 땀바다에 떠 있는 작은 섬이 된다. 다른 사람의 땀이 묻는다. 밖으로 나가면서 밟기도 한다. 사방이 땀투성이다. 그러나 다들 아무 말도 하지 않는다. 이미 익숙해졌으니까.

나만 빼고.

ele

머릿속으로 발걸음을 되짚어 포트폴리오가 있을 만한 곳을 모조리 떠올리는 동안 내 마음엔 공황의 파도가 끊임없이 철썩였다. 방을 샅샅이 뒤지고, 수업에 들어간 모든 교실을 수색하고, 점심시간에 운동장을 한 바퀴 돌기까지 했다. 주차장에 가는 길에 떨어뜨렸을지도 모른다는 생각에.

그러다 학생들로 가득 찬 야외 테이블 근처에 서 있는 이비를 본 순간 우뚝 멈춰 섰다.

학교에서 이비를 마주치는 일은 드물다. 비록 같은 생태계에 있지만 노는 물이 다르달까. 이비의 영역에서 나는 흐물거리고 존재감 없는 조류에 가깝다.

더 이상한 점은 이비가 드레이크와 얘기 중이었다는 거다. 두 사람이 동시에 나를 쳐다 봤을 때는 꼭 내 인생의 기묘한 두 사건이 겹쳐지는 순간 같았다. 나는 태연하게 지나치는 대신 멍하니 발걸음을 옮기다가 쓰레기통에 부딪히고 말았다.

10년 후에도 다시 떠오를 순간이지만 오늘만큼은 걷고 서고 앉고 사람 구실을 하는 것조차 까먹게 했다. 요가도 겨우 흉내만 냈다.

애나벨은 오늘 무엇이 나를 매트로 이끌었는지 생각해 보라고 했다. 심신 안정이나 우주와 하나가 되는 것이 바람직한 답이겠지만, 진실은 도피였다.

도피가 나를 매트로 인도했다.

나는 건넛방의 다른 수업, 그리고 아빠를 피해 이 자리에 왔다. 건물 앞 주차장에 세운 자동차 안에서 차 키로 귀를 후비고 있을 거구의 그리스인을 피해.

애나벨은 잠시 각자의 몸에 귀를 기울여 몸의 형태와 어마어마한 힘을 느껴 보라고 했다. 내가 생각할 수 있는 건 평소에 위 근육이 뭉친 채로 걸어 다니는데, 체력은 아무런 도움이 안 된다는 사실뿐이었다. 언제부터인가 내 위장은 날

51

아오는 주먹에 대비할 때처럼 딱딱히 뭉치곤 했다. 지금은 그게 기본값이다. 낯선 사람들과 함께 있거나 낯선 일을 할 때만 그런 게 아니다. 늘 그렇다. 모든 게 조여드는, 내가 단단히 붙들지 않으면 장기들이 몸 밖으로 튀어나와 피비린내 나는 난장판을 만들 것 같은 느낌.

애나벨은 언제나 나한테서 세 발짝 정도 떨어진 곳에 서 있는데, 그야 내가 손이 많이 가기 때문이다. 아무도 그걸 고깝게 여기지 않는다. 날 구제하는 것이 요가 수행의 일부라는 듯이.

애나벨은 자세를 고쳐 줘도 괜찮냐고 물었다. 그러고서 구체 관절 인형을 다루듯이 내 팔, 다리, 등, 종아리, 목에 손을 대고 자세를 교정했다.

다른 사람의 손이 닿는 건 괜찮다. 단지 내 몸이 그렇게 손이 많이 가고 내 의지와 따로 논다는 게 짜증 날 따름이다. 심지어 몸을 아무리 구부려도 손끝이 발에 안 닿는다. 꽤나 놀라웠다. 하지만 매일 허리를 접어 발가락을 건드릴 필요가 없는 사람들은 직접 해 보기 전까지는 모를 것이다.

멘붕에서 벗어나는 것도 잠깐이었다.

불안이 내 삶의 무대 중앙을 차지하는 순간들이 있다. 나를 완전히 집어삼키는 순간. 그럴 땐 아빠 의견에 동의가 되기까지 한다. 왜 나는 머릿속을 통제하지 못하고 내 생각에 무너지고 말까?

포트폴리오가 사라져서 벌어질 법한 끔찍한 상황들이 바늘처럼 뇌를 맹렬히 찔렀다.

남들에게는 '자, 차근차근 되짚어 보자' 식의 순간일 수도 있다. 하지만 나한테는 뇌의 대분열이다. 절반은 이 일이 나에게 벌어질 수 있는 최악의 일이라고 생각하고, 나머지 절반은 녹은 치즈로 범벅된 판지 조각을 두고 다람쥐와 사투하는 쥐 꼴이다.

그래서 내가 내 인생의 모든 엿 같은 일들을 운수 탓으로 돌리는 거다.

우리 집안에 대대로 내려온 저주는 나와 노는 물이 다른 이비 파로스와의 유일한 접점이었다. 최근까지는.

사연을 요약하자면 다음과 같다.

나의 고조할아버지 스타브로스는 도벽이 심했는데 주로 이웃집의 귀한 가보들을 훔쳤고, 딱 한 번 들켰다. 이비의 고조할머니에게. 그 집에서 성화를 훔쳤다가 꼬리를 밟힌 것이다. 아기 예수를 안은 성모 마리아가 담긴 손바닥만 한 금테 액자였다.

이비의 고조할머니는 마을 사람들에게 고조할아버지가 도둑이라고 주장했지만, 고조할아버지는 도리어 미친 노파의 헛소리라고 모함했다.

그래서 자연스럽게, 이비의 고조할머니는 고조할아버

지를 저주했다.

눈을 똑바로 노려보며, "지옥 불에 타 죽을 놈. 거짓말한 죄로 악마의 종이 될지어다"라고 말하고 발치에 침을 뱉었다. 고조할아버지는 코웃음을 쳤다. 골 빈 망나니처럼. 이번에도 위기를 모면했다고 생각한 것이다. 말로만 들어도 미친 놈이었다. 왜냐하면 할머니와 함께 살아 보니 나이 든 그리스 여자의 말은 결코 함부로 웃어넘길 게 아니기 때문이다.

어쨌든, 망할 고조할아버지는 2주 뒤에 자동차 사고로 죽었다. 지옥 불은 아니지만 불타는 차 안에서 명을 달리했고, 그걸 기점으로 우리 가문의 운수도 바뀌었다.

저주에 사로잡히게 된 것이다.

사실 고조할아버지가 죽은 원인은 운전 미숙이었을 가능성이 더 크다. 길모퉁이에서 갑자기 나타난 흰 노새를 피하려다 그랬다니까……. 어느 쪽이든, 우리 집안은 그 후로 최대한 거짓말을 삼가고 파로스 집안을 피했다.

그러나 불운은 늘 틈을 찾아 파고들었고, 할머니는 집안에 뭔가 우환이 생길 때마다 주먹을 아래로 내밀며 중얼거렸다.

"아이 가미수 르 스타브로."

번역하자면, 빌어먹을 스타브로스.

특히 화가 나면 이렇게 말했다.

"코프로스카일라 토 케라타."

54

악마의 똥개.

아무렴.

빌어먹을 고조할아버지 같으니라고. 내 포트폴리오가 사라진 것도 고조할아버지 탓이다.

나는 포트폴리오가 사라져서 내 삶이 망가지는 모든 경우의 수에 골몰했다. 누구든 그 안의 사진들을 보면 날 이상한 눈으로 볼 것이다. 아빠 생각과 달리, 그것들은 아주 특별하니까. 엄마라면 이해했을 거다. 사진을 아무 맥락 없이 세상에 내보이는 일은 끔찍하다.

어느새 요가 수련이 끝나고 내 몸뚱이는 피로에 굴복했다.

그때, 이비 파로스가 다가와 쪽지를 건넸다.

내가 네 물건을 주운 것 같아.
이 사진들에 대해 얘기 좀 해.
수업 마치고 그린츠 카페에서 봐.
샤워부터 하고.
                                    이비

안도의 한숨은 잠깐이었다.

포트폴리오를 잃어버린 공포는 곧 이비가 내 사진들을
다 봤다는 공포로 바뀌었다.
게다가, 대체 무슨 얘기를 하자는 걸까?

나마스떼,
레오

6

오늘의 자세: ??? 자세

두꺼비처럼 쪼그려 앉는 자세. 집중을 안 해서 여러 번 넘어졌다. 하지만 평소보다 나쁘지도 않았다.

~el~

오늘은 요가를 간신히 시늉만 했다. 나도 유감이다.

마음이 콩밭에 가 있어서 심신 단련에 집중하지 못했다 (여태껏 집중했다는 건 아니지만). 내 머리가 아직도 어제 이비 파로스와 커피를 마신 일을 떠올리고 있기 때문이다. 친구들 좀 만나고 들어가겠다고 하니 아빠는 자세히 묻지 않았다. 털이 더부룩한 눈썹을 들어 보였을 뿐이다.

그린츠 카페는 가 보지는 않았어도 어딘지 알았다. 학교

애들이 자주 가는 데고 체육관에서 엄청 가까운 곳에 있었다. 도착하고 뭘 주문할지 몰라 망설였다. 나는 커피를 안 마셔서 이름 모를 주스와 쿠키를 골랐다.

5분쯤 뒤에 이비가 들어와서 카페라테를 주문하고는 한번 두리번거리지도 않고 곧장 내가 앉은 자리로 걸어왔다. 여기 있을 줄 알았다는 듯이. 손에 커피를 든 이비를 보니 테이블에 주스(희한한 배 맛이었다) 잔과 쿠키 접시를 차려 놓은 내가 덜떨어진 놈처럼 느껴졌다.

이비는 내 포트폴리오를 꺼내 테이블에 올렸다. 그 순간 위 근육마저 풀어질 정도로 깊은 안도의 한숨이 나왔다. 하지만 이비는 그 위에 손을 얹고 다시 자기 쪽으로 끌어당겼다.

내 몸짓은 누가 봐도 애매하지 않았다. 멀어지는 포트폴리오를 향해 손을 쭉 뻗었으니 의사 표현은 충분히 한 셈이었다. 이비는 피식 웃으며 포트폴리오를 펼쳤다. 가만 보니 포스트잇으로 표시를 해 두었다.

"나쁘지 않아. 쓸 만해."

이비의 말에 가슴이 들썩였다. 내가 적당한 질문을 꺼내기도 전에 이비가 이어서 말했다.

"네 기술을 이용해 전 남친에게 완벽히 복수할 수 있을 것 같아."

그게 무슨 말이냐고 물었더니 이비는 내 멍청함을 지적

하지 않으려고 인내심을 발휘하는 듯한 표정을 지었다. 이비는 내가 포트폴리오에 끼워 둔 사진 공모전 전단을 꺼내 보였다.

"그렇게 나쁜 제안은 아닐 거야. 우린 서로 도울 수 있어. 난 벌받을 만한 놈에게 선사할 작품을 만들려고 해. 너랑 같이 사진으로 찍어 공개하고 싶어. 그 자식한테 교훈을 줄 수 있게."

"무슨 교훈을……."

이비의 두 눈이 짙어지자 나는 말을 멈췄다. 이비가 침묵을 요구하는 방식에는 묘한 힘이 있었다. 행동 하나하나에 확신이 뚝뚝 묻어나서 경외심마저 들었다. 내 치부를 속속들이 꿰뚫어 보는 듯했다.

이비는 내 바람보다 좀 더 과격하게 페이지를 넘겼고, 흑백의 향연을 지나 화려하고 익숙한 페이지에서 멈췄다. 색색의 털실로 나무 두 그루와 벤치를 감싼 풍경을 찍은 사진 연작이었다. 처음으로 묘지에서 찍은 사진들이라 머릿속으로 '다채로운 죽음'이라고 이름 붙인 시리즈다. 얀 바밍(Yarn Bombing. 뜨개질로 공공시설물이나 가로수 등을 장식하는 거리 예술. 공식 허가나 승인 없이 설치했다가 제거한다는 점에서 그래피티 니팅, 게릴라 니팅이라고 부르기도 한다: 옮긴이)을 한 것도 그때가 처음이었다.

나는 손을 뻗어 포트폴리오를 되찾고 싶었다. 꼭 개인적인 사진이라서만이 아니라, 할머니가 잠든 집 근처 공동묘지에서 찍은 사진이기 때문이다.

사실 거기서 꽤 많은 사진을 찍었는데, 무덤과 묘비를 배경으로 예술 사진을 찍는 게 얼마나 소름 끼치는 행위인지 굳이 남의 입으로 듣고 싶지 않았다. 게다가 그곳에서 뜨개질하고 사진을 찍느라 얼마나 많은 시간을 보내는지 내 입으로 말할 준비도 되어 있지 않았다. 죽은 사람들 곁에서 뜨개질하는 게 이상한 취미라는 건 나도 안다.

"너 뜨개질도 해?"

이비가 사진을 가리키며 물었다. 어쩌면 이비는 흑백 사진 속 묘비들을 대수롭지 않게 보았을지도 모른다.

"어."

내가 대답했다.

"흥미롭네. 강렬하고."

이비는 계속해서 내 포트폴리오를 훑어보았고, 나는 이비의 손이 사진들 위를 거침없이 오가는 게 싫었다. 하지만 내가 그동안 숨을 참고 있는 게 더 싫었다. 누가 내 작품을 보는 건 처음이었다. 아빠도, 할머니도, 누구도 본 적 없다.

아빠에게 보여 줬다면 유치원에서 만든 마카로니 목걸이를 걸어 주는 상황과 비슷했을 거다.

"다 흥미롭진 않은데."

이비는 차분하게 말했다. 심술을 부리는 게 아니라 사실을 말했을 뿐이다. 업무를 처리하듯이.

나도 뭐라고 받아치려고 했다. 나중에 뜬눈으로 밤새우며 후회하지 않을, 뭔가 재치 있으면서도 뼈 있는 한마디로. 그런데 이비가 내 생각을 막았다.

"이건 그냥 보통 사진이 아니야."

그건 예상치 못한 반응이었고, 그 한마디에 들뜬 내가 짜증 났다. 나는 이비가 검지로 두드리는 사진을 내려다봤다. 할머니 장례식 직후에 한 작업이었다. 무덤가를 뜨개질로 도배했다. 색색깔의 실이 할머니 묘비와 건너편 벤치를 점령했다.

나는 눈을 찌푸렸다.

"얀 바밍이야."

나는 포트폴리오에 손을 뻗으며 말했다.

시작은 우연이었다. 할머니 무덤가에서 노란색 비니를 떴는데, 집에 가는 길에 두고 온 걸 깨달았다.

돌아가 보니 내가 앉았던 벤치에도, 땅바닥에도 보이지 않았다. 잃어버렸다는 걸 인정하기 싫어 공동묘지를 한 시간 넘게 돌아다녔다. 집에 가서 교회 사람들이 갖다준 음식으로 가득 찬 냉장고를 열고 싶지도 않았다. 마침내 나는 묘지 입구에서 누군가 천사상 머리에 씌워 놓은 비니를 발견했다. 손을 뻗어 막 벗기려는데, 헌화를 들고 지나가던 남자가 고개를 저으며 말했다.

"누가 묘지에 얀 바밍을 해?"

곧바로 검색했더니 온갖 것들을 뜨개질로 뒤덮은 이미지들이 수두룩하게 나왔다. 벤치, 가로등, 전봇대, 심지어 탱크까지. 사람들의 발상은 기발하고 놀라웠다. 그러고 보니 언젠가 거대한 뜨개 거미줄이 공공건물에 걸려 있는 사진을 인터넷에서 본 적 있었다.

나는 다시 포트폴리오를 향해 손을 뻗었다.

"개인적인 사진이야. 그건—."

"너희 할머니. 나도 알아."

이비는 나직하게 말하며 포트폴리오를 뒤로 물렸다.

"그래서, 할 거야 말 거야?"

"싫다면?"

사실 되묻기도 전에 코가 꿰였다는 걸 알았다.

이비가 씩 웃었다. 비록 말로 하지는 않았으나 가늘게 뜬 눈이 더없이 분명하게 말했다. 네 아빠가 요가에 대해 알게 될 거야.

속에서 보글거리던 작은 행복의 거품이 순식간에 터졌다. 이비는 어떻게 그게 나한테 치명타가 될 걸 알았을까? 아마 수업을 옮겨 달라고 했던 첫날 내 표정이 말했을 거다. 어쩌면 갈라진 목소리가. 모르긴 몰라도 남의 약점을 잡으려고 벼르는 사람의 눈에는 티가 났을 것이다.

끔찍한 건 이비가 제대로 짚었다는 거다. 즉시 내 약점을 알아채고 이용했다.

그리스로 보내져 사촌 드미트리와 함께 살게 될지도 모른다는 생각에 뜨겁고 끈적한 공포가 밀려왔다. 툭하면 방귀를 먹이고 뜨개실을 마구 뒤엉키고 카메라 장비를 떨어뜨리는 시늉을 하는 녀석과 함께. 공포감이 위를 끊임없이 쥐어짰다.

내가 아무 말이 없자 이비는 서늘하게 웃었다.

"아까도 말했듯이 그리 나쁜 제안이 아니야. 상부상조하는 거라니까? 넌 그냥 거들기만 하면 돼."

이비는 다시 사진 공모전 전단을 꺼내 내가 아직 고민해 보지 않은 항목을 짚었다.

내가 입을 열어 무슨 반응을 하기도 전에 이비가 말했다.

"주제는 복수가 될 거야."

이비는 의자에 몸을 기대고 두 손을 과장되게 휘두르며 말했다.

"나랑 작업하는 사진들은 창의적이고, 파격적이고, 그 안에 숨은 메시지도 있을 거야. 물론 시각적으로도 훌륭할 테고. 작업을 다 마치면 우리 둘이 모든 사진을 동시에 올리는 거야."

이비는 나에게 좋은 일자리라도 제공하듯이 싱긋 웃었지만, 나는 복수극의 공범이 되고 싶지 않았다. 조던 스완지는 이비한테 개자식일지는 몰라도 나에게 피해를 준 적은 없다. 사람들이 보통 헤어지고 나서 이렇게까지 하나? 어쩌다 내가 이 드라마 같은 상황에 휘말린 걸까?

나는 포트폴리오와 공모전 전단을 바라보면서 이 상황을 어떻게 벗어날지 머리를 굴렸다. 그때 이비가 나를 향해 몸을 기울이고 속삭였다.

"이 탄 이 에피 타스."

그리스인이 아니어도 알 수 있는 그리스어 명언이다. '방패를 들거나 그 위에 얹혀서 돌아오라(승리해서 방패를 들고 당당히 돌아오거나, 그게 아니라면 장렬히 전사해서 방패에 실려 오라는 뜻. 스파르타에서 아들이 전쟁에 나갈 때 어머니들이 작별 인사로 한 말이라고 전해진다: 옮긴이).'

다시 한번 내심 들뜨는 내가 짜증 났다. 이비가 우리 사이의 어떤 연결 고리를 언급한 것은 처음이었다. 우리 둘 다그리스계고, 그리스어를 한다. 엄밀히 따지면 이비가 나보다훨씬 잘하겠지만.

나는 늘 영어로 먼저 생각한다. 엄마가 아프면서 모국어를 배울 결정적 시기를 놓쳤기 때문이다.

할머니는 내가 그리스어에 능통하길 바랐지만, 그러려면 남들처럼 걸음마를 뗄 때부터 그리스계 학교에 다녔어야 했다. 물론 그건 아빠의 우선순위는 아니었다. 엄마가 떠난뒤 아빠는 우리 삶을 정상 궤도로 되돌리기 바빴다. 노력하면 정상적일 수 있다는 듯이.

내가 그나마 그리스어로 읽고 말할 수 있게 해 준 사람은 할머니다. 완벽하지는 않아도 못 한다는 변명은 통하지 않도록.

"레오니다스, 넌 그리스 전사의 이름을 물려받았다. 적어도 모국어는 할 줄 알아야지."

나는 반박하지 않았다.

이비는 집에서 부모님이 둘 다 그리스어를 쓴다. 물론 우리 집에서도 그리스어가 수없이 오갔지만 내가 말하면 꼭 네 살 꼬마의 말처럼 들렸다.

그리스계 학교에서 화장실 좀 다녀와도 되냐고 물었을 때 모두 웃던 순간을 아직도 잊을 수 없다. 내가 그리스어로 "변기를 만족시켜도 될까요?"라고 말한 것이다.

하하.

내가 이비의 제안을 받아들인다면 그리스 서사시 같을 것이다. 우리 두 집안이 어떤 목표를 위해 손을 잡다니. 엄청 극적이겠지. 둘 중 하나가 협박받는 상황만 아니라면.

마침내 이비가 건네는 포트폴리오를 받아 든 순간, 손이 스쳤다. 이비가 맞닿은 부위를 힐긋 내려다보고는 태연하게 눈길을 돌렸다. 이비의 손은 차가웠다. 의외는 아니었다.

"너 개 진짜 싫어하나 보다."

난 내가 당연한 말을 했다고 생각했는데, 이비는 지독히 한심한 말을 들었다는 표정으로 날 쳐다봤다.

"난 아무도 안 싫어해. 증오는 열정이야. 조던 스완지한테는 아까운 감정이지."

이비는 싸늘하게 말한 뒤 테이블에 놓여 있던 핸드폰을 집어 들고 말했다.

"자세한 얘기는 나중에 해."

나는 "걔가 그렇게 나쁜 놈이면 왜 그렇게 오래 만났어? 왜 진작 쓰레기인 거 눈치 못 챘어?"라고 물을 기회조차 얻지 못했다.

단지 이비가 일어나기 전에 작은 목소리로 겨우 물었다.

"혹시 저주를 빌미로 이러는 거야?"

이비는 머리카락을 어깨 너머로 휙 넘기며 그리스식 표정으로 날 한 방 먹였다. 할머니가 나를 멍청한 놈이라고 부를 때 짓던 표정이었다. 분노를 드러내면서도 희열을 느끼는 표정. 마치 그 분노가 강력한 무기인 것처럼.

웬 망상이냐고 쏘아붙일 줄 알았는데, 이비는 입꼬리를 끌어 올리며 대꾸했다.

"옥시."

그리스어로 '아니'라는 뜻이다. 그 순간 나는 이비가 저주의 힘을 불러오고 있음을 알 수 있었다.

"하는 거지?"

이비가 물었다.

선택권이 없었다. 정말로.

"그래."

"좋아. 아무한테도 말하지 마. 너 번호 뭐야?"

이비가 핸드폰에 내가 부르는 번호를 입력하고 바로 문자를 보냈다.

안녕.

"그럼 연습 때 보자."

"아, 어."

3월 25일 독립 기념일 행사 연습을 까맣게 잊고 있었다. 그리스가 터키에 대항한 독립 전쟁을 기념하는 날이다. 그리스에서는 아주 성대하게 치르고, 미국 내 그리스인 사회도 한껏 들썩인다.

이날만큼은 모두 모여 자신들의 그리스인다움을 자축한다. 꼬마들은 그리스어로 시를 암송하고, 모두가 그리스식 만찬을 즐기고 국가를 부른다. 물론 춤도 춘다. 고통스러울 만큼 지루할 뿐 아니라, 이제는 살짝 우울하기까지 하다.

우리 교회 청년부는 역사 야외극을 공연하는데, 나는 그리스 청년이자 일명 전사의 후예로서 자격지심을 느낄 수밖에 없다. 내가 그 시대에 태어났다면 군사적으로 중요한 스파르타를 수호할 자격이 안 돼서 신에게 바치는 제물로 산

꼭대기에 버려졌을 테니까. 그것도 아마 헤파이토스(대장일 과 수공예를 담당하는 고대 그리스 신: 옮긴이)에게. 신 중에서도 그리 급이 높지 않은 신.

그린츠 카페를 떠날 때 아빠에게 문자가 왔다. 냉장고 에 채소 좀 넣어 뒀다. 뭘 어쩌라는 건지 몰라도 즉석식품이 나 치즈로 덮인 것 말고 다른 것을 먹으라는 말인 듯했다. 어 쨌거나 조금이라도 노력이 들어갔을 테니, 채소를 제쳐 두고 냉동 피자를 데우면서 약간 죄책감을 느꼈다.

나마스떼,
레오

오늘의 자세: 고양이와 소 자세

고양이 자세는 말 그대로 고양이처럼 등을 아치형으로 세우는 자세고, 소 자세는 배를 떨어뜨리고 엉덩이를 허공으로 쭉 뻗는 자세다.

요가 자세는 대부분 운동이라는 이름으로 그저 엉덩이를 하늘 높이 치켜들었다가 땅에 천천히 떨어뜨리는 일 같다.

~elle~

카페에서 나온 뒤 약 한 시간 만에 이비는 나에게 문자를 보내기 시작했다. 기분이 묘했다. 왜냐하면 보통 나에게 문자를 보내는 이는 아빠 아니면 '엉킨 실 공방'뿐이니까. 아빠는 나한테 자기가 어디 있는지 알려 줘야 한다고 생각하

고, 엉킨 실 공방은 가끔 프리미엄 실을 비롯해 전 상품 반값
할인 정보로 날 꼬드긴다.

판단은 사양한다. 캐시미어가 얼마나 비싼데. 어쨌든 이
비의 첫 문자들은 다음과 같았다.

> 다른 것들도 뜰 수 있어?

> 미리 떠 둔 것도 있어? 필요하면 쓸 수 있는?

> 너 개 무서워해?

첫 번째 질문은 사진 몇 장으로 답했고, 두 번째 질문은
그렇다고 답했다. 뜬금없는 세 번째 질문에는 이렇게 답하고
싶었다. 만약 내 얼굴을 물어뜯으려고 달려들면 확실히 지릴
거야. 하지만 이렇게 답했다.

> 아니. 딱히.

> 좋아. 준비하고 있어. 첫 촬영 때 알려 줄게.

배 속이 단단히 뭉쳤다. 느낌이 안 좋다. 요가 수업에 들
어가기 전 체육관 직원(오늘은 이비가 아니었다)에게 회원
카드를 건넬 때까지도.

요가실에 들어서면서 새삼 이곳 캘리포니아에 요가원
이 얼마나 많은지 떠올랐다. 대형 마트마다 요가복 전용 매
장이 따로 있을 정도다. 하나의 문화가 된 것이다.

나는 맨 뒤 가운데 자리에 매트를 깔고 양옆으로 최소한 발짝 떨어진 곳에 각각 물병과 수건을 두었다. 이렇게 안하면 사람들이 내 영역을 침범하고, 실내 온도가 오를수록점점 남의 땀 냄새를 맡게 된다.

수업 시작 후 몇 분간 호흡 운동을 하고 나서 두어 번 고꾸라질 뻔한 뒤, 애나벨의 인내심 있는 지도 덕에 다른 사람들처럼 거울을 보고 설 수 있었다. 그제야 바짓가랑이를 흥건히 적신 땀자국을 발견하고 내가 오줌을 지린 사람처럼보인다는 걸 깨달았다.

근사하군. 이래서 다들 몸에 딱 달라붙는 검은 바지를입는 모양이다. 나는 눈을 감았다가 가늘게 뜨고 주위를 슬쩍 둘러봤다.

이제 이 수업에 남자는 나뿐이다. 알고 보니 첫 수업 때봤던 남자들은 연습할 장소가 필요했던 방문 강사들이었다.거시기로 체중을 버티던(실은 아님) 남자와 팔뚝이 내 얼굴만 했던 키 큰 남자. 어쩐지 둘 다 실력이 범상치 않더라니.

잠시 후, 애나벨이 각자 좋아하는 자세나 잘 안 되는 자세를 연습하라고 했다. 내 경우 좋아하는 자세는 없고, 잘 안되는 자세는 너무 많았다. 사실, 거의 다였다. 결국 나는 아기 자세를 선택해 한쪽 볼을 수건에 대고 엎드려 남들을 구경했다.

내 오른쪽에는 스테파니라는 금발의 백인 여자가 완벽

한 물구나무를 뽐내고 있었고, 바로 앞에는 나보다 몇 살 많은 아프리카계 쌍둥이가 나로서는 엄두도 못 낼 복잡한 자세를 번갈아 해내면서 서로를 봐 줬다. 들리는 바에 따르면 머리를 땋은 사람은 니콜, 군청색 탱크톱을 입은 사람은 타라였다. 첫 수업 때 두 사람은 함께 요가원을 열고 싶다고 했다. 다마리스라는 라틴계 여자는 늘 수업 전에 무선 이어폰을 끼고 매트 중앙에 앉아 있다. 아이리스는 천장을 보고 반듯이 누워 심호흡하고, 떠드는 사람은 티파니, 브리, 캐서린 세 사람뿐이다. 그리고 캐롤 할머니는 언제라도 요다처럼 공중에 떠오를 것 같다. 득도의 경지에 이른 표정으로 보아 아마 지도자과정은 심심풀이로 하는 일일 것이다. 그리고 애나벨, 나까지가 전부다.

비록 매트 양옆 한 발짝 거리에 완충재를 두어도 땀 날림은 무시무시하다. 나는 그런 게 있는 줄도 몰랐다. 남의 땀방울이 얼굴에 튈까 봐 몸을 사리게 될 줄이야. 주변 사람이 격렬하게 움직이면 진짜로 그런 일이 벌어지는데, 익숙해진다고 해서 덜 역겹지는 않다.

실내 온도와 습도는 지옥 늪이나 다름없다. 하지만 어쩌다 한 번씩 복도 너머로 벌컥 문이 열리며 남자들이 들짐승처럼 식수대로 돌진하는 소리를 들으면 내가 올바른 선택을 했음을 알 수 있다. 비록 지금 상황은 내 불운의 한 예이기는 하지만.

할머니는 항상 불운을 걱정했다. 좀 더 구체적으로는 내 불운을.

할머니는 타로점을 자주 봤는데, 아빠가 싫어해서 나랑 둘이 있을 때만 카드를 뽑게 했다. 낫을 든 해골 따위를 보고 내 죽음을 예측하거나 그런 건 아니었다. 하지만 어떤 카드가 나오든 할머니 성에 차지 않았다. 마치 내가 복을 부르려는 노력조차 안 한다는 듯이 못마땅한 눈으로 나와 카드를 번갈아 봤다. 어떻게 풀이했는지는 몰라도 점괘가 긍정적이지 않다는 건 확실했다. 할머니는 항상 카드를 읽고 내 앞날을 엿보려 하면서도 자기 미래를 너무 자세히 알면 안 된다고 믿었다.

할머니의 예견은 한결같이 막연했다. 늘 내 앞에 모호하고, 거대하고, 형태를 알 수 없는 무언가가 있다고 했다. 카드는 항상 '변화'를 가리켰다. 내 인생의 방향을 크게 바꿀 만한 무언가.

그래서 할머니는 갈수록 점치기에 집착했다. 어떻게든 내 앞날을 내다보고 날 보호하려고. 내가 더는 고통을 겪지 않도록. 나는 그런 할머니마저 잃었다.

내가 이비와 엮인 걸 알면 할머니는 뭐라고 했을까? 어쩌면 애초에 할머니의 경고대로 파로스 집안을 멀리했어야 했는지도 모른다.

하지만 할머니가 아무리 엄중히 경고해도 내가 파로스

집안을 완전히 피할 수는 없었을 거다. 우리는 같은 학교에 다니고 이비 부모님은 교회에 가장 기부를 많이 한다. 이비 엄마는 전국의 모든 그리스 장학 재단 위원으로 있다. 그러니 엮이지 말라는 말은 가능한 한 피하라는 뜻이었을 거다.

그야 고조할아버지가 우리를 엿 먹였으니까.

자손 대대로.

사실 내가 그 저주를 얼마나 믿는지는 모르겠다. 저주는 말 그대로 남에게 나쁜 일이 일어나라고 비는 일이다. 그게 그렇게 걱정된다면 우리는 운전하면서 욕을 덜 할 것이다. 애초에 말이 어떤 힘을 지니고 있다면 우리 엄마는 아직 살아 있겠지. 할머니도 마찬가지다. 내가 담배를 끊으라고 했을 때 내 말을 들었을 테니까.

하지만 누군가를 지키려면 말 이상의 것이 필요하다. 적어도 할머니는 그렇게 생각했다.

할머니는 내가 어릴 때 옷 주머니에 마티 장식물을 쑤셔 넣거나 그 눈알 형태의 구슬을 꿰어서 마음을 달래는 염주로 만들어 주기도 했다. 괴상하게 들리겠지만 그리스에서는 꽤 평범한 일이다. 할머니는 교회에 부지런히 다니면서도 늘 저주와 운수, 나이 든 그리스 여자의 신묘한 힘을 믿었다.

엄밀히 말해 마티는 그리스 정교회 상징이 아니다. 고대부터 널리 퍼졌는데 특히 지중해와 서아시아에서 크게 유행했다. 여러 신앙에서 두루 나타나기에 미신 같은 느낌이

들지만 그리스에는 커다랗고 파란 눈 장식이 안 걸린 집이 없다.

종교인이라면 보호해 주십사 기도를 해야 하지 않나? 악마의 눈을 내걸 게 아니라. 하지만 할머니가 외우던 기도 문은 너무 길어서 웬만하면 들춰 보지 않았다.

그 대신 할머니는 올리브유로 점을 치며 기도했다. 컵에 물을 채우고 "성부와 성자와 성령의 이름으로 레오니다스를 위해 선포합니다"라고 말하며 세 번 성호를 긋고 "예수 그리스도가 명하노니 악한 것들은 물러갈지어다"라고 말한 다음, 물에 올리브유를 한 방울 떨어뜨렸다. 그 과정을 두 번 더 반복했다. 만약 기름 세 방울이 물 안에서 한데 뭉치면 기도의 대상이 악마의 눈에 들었다는 뜻이고, 세 방울이 따로 떨어져 있으면 무사하다는 뜻이다.

하지만 그때마다 어김없이 기름은 한 덩어리가 되었고, 할머니는 내가 악마의 눈에 단단히 걸려들었다고 확신했다. 더욱 신경 써서 기도해야 한다는 뜻이었다.

그래서 할머니는 온갖 성인의 날을 기념했고, 거울을 깨거나 실내에서 우산을 펴면 재수가 없다는 일반적인 미신 외에도 밤이나 금요일에 손톱을 자르면 불운이 닥친다거나 남한테 가위나 비누를 건네면 싸움을 불러온다는 등의 희한한 그리스 미신까지 믿었다.

아빠와 나한테도 종종 말했다. 손이 가려우면 돈이 거저 들어올 거라든지, 소금을 엎지르면 어깨 너머로 뿌려서 악마의 접근을 막으라든지.

그러나 죽음은 벌써 우리 가족에게 두 번이나 찾아왔다. 어쩌면 당분간은 우릴 내버려 둘지도 모른다. 어쩌면 우리의 운수는 이제 바뀔 때가 되었는지도 모른다. 할머니는 불운을 되받아치는 유일한 방법이 뜻밖의 친절이라고 했다. 그것만이 삶이 구렁텅이에 빠질 때 우리가 무너질 거라고 믿는 악마를 혼란스럽게 할 거라고.

뜻밖의 친절이라.

요가를 마치고 나오니 언제 왔는지 이비가 혼자 카운터를 지키고 있었다. 의자에 다리를 꼬고 앉아 심각한 표정으로 핸드폰을 보는 중이었다. 아마도 협조를 요구할 어떤 끔찍한 일을 계획하며.

다가갈수록 위험한 동물에 접근하는 느낌이었다. 곰이나 독사처럼 대놓고 위협적이진 않지만 어쩌면 위험할지도 모르는, 그래서 웬만하면 거리를 두게 되는, 그래, 공작새. 겉보기엔 아름다워도 꽤 악랄할 수 있는 부류.

평소보다 이상하게 굴지 말자고 다짐했지만, 투명 인간이 되기도 싫었다. 나답게 굴고 싶었다. 내 운이 나쁘다면, 스스로 바꿀 것이다.

문득 얼마 전부터 가방 안에 굴러다니는 게 떠올랐다. 나는 카운터를 지나치며 이비가 펼쳐 놓은 영문학 파일 위에 그것을 떨궜다.

이비가 코바늘로 뜬 장미를 집어 들고 날 불러 세웠다.

"이건 뭘 위한 거야?"

"행운."

나는 어깨를 으쓱하며 대꾸했다.

이 일이 정말로 복을 부를 리는 없지만, 미소는 아무래도 좋은 신호겠지?

나마스떼,

레오

8

오늘의 자세: 사바아사나 또는 송장 자세

아무것도 하지 않는다.

아무 생각도 하지 않는다.

그저 죽은 척한다.

수업이 끝날 때마다 하는 자세다. 그도 그럴 것이, 불가마 속에서 낯선 이들과 땀을 한 바가지 쏟아 내고 나면 죽음이 자연스러운 끝처럼 느껴지기 때문이다.

인정하자면 이 자세에는 좋은 점이 있다.

일단 고요하다. 심박수가 정상으로 돌아오고, 몸 안의 모든 물컹하고 질척한 것들이 잠시 휴식을 취하는 소리를 들을 수 있다. 모든 것이 그치고 모든 이가 멈춘다. 기분 탓이겠지만 몇 분간 내 코도 다른 사람의 땀 냄새를 빨아들이지 않는다.

이윽고 고요 속에서 애나벨이 작은 징을 울리며 속삭

인다.

"죽음은 단지 정지입니다."

골 때리게 심오한 말이다.

그러고 나서 모두가 천천히 매트에서 몸을 떼고, 좀비처럼 비틀거리며 문을 나서 시원한 체육관 안으로 흩어진다. 간접 죽음을 체험한 뒤 빛에 적응하려고 노력하면서.

─ele─

나는 무슨 일이든 늦는 법이 없다. 지각은 내가 어느 정도 통제할 수 있는 불안 요소다. 약속한 장소에 시간 맞춰 갈 수 있으면 걱정거리 하나가 지워지는 셈이다. 만약 늦을 가능성이 생기면 점점 초조해지고 그 장소에 도착할 때까지 몸이 초읽기를 한다.

머릿속은 이런 식이다. 7분 안에 출발해야 넉넉히 도착한다. 3분 안에 출발해야 넉넉히 도착한다. 30초 안에 출발해야 넉넉히 도착한다.

다행히 이 부분만큼은 아빠도 마찬가지라서 어떤 자리에 한 번도 늦은 적 없다. 게다가 아빠가 여전히 슈퍼히어로급 전투 훈련이라고 철석같이 믿는 수업에 데려다주기 때문에 지각할 걱정은 없다. 이제 차 안에서 기다리지는 않는다. 수업이 끝나는 시간에 맞춰 데리러 온다. 수요일 저녁에 어디 가는지는 여전히 모르겠다.

그 대신 이런 문자 메시지를 보낸다. 냉장고 안에 파파달로스 씨가 챙겨 준 수프 있다.

파파달로스 부인은 할머니가 떠나고 지금까지 우리 집에 손수 만든 음식을 갖다주는 유일한 교회 사람이다. 하지만 고양이를 두 마리 이상 키우니 그 수프는 반쯤 고양이 털일 가능성이 높다. 나는 엄지 모양 이모티콘을 보내고, 요가가 끝나면 근처에서 샌드위치를 사 가자고 머릿속에 메모하며 카운터로 향했다.

오늘 이비는 내 회원 카드를 스캔하며 나하고 눈도 마주치지 않았다. 나는 체육관에 몰래 들어온 유령이 된 것 같았다.

그래, 그럴 수도 있지. 전날 문자로 충분한 대화를 나눴으니까. 나는 키보드 위에 코바늘로 뜬 데이지를 남기고 요가실로 직행했다.

그래, 사실 '대화'까지는 아니었다. 이비는 뜨개 작품 사진을 한가득 보내며 만들 수 있냐고 물었고, 나는 그렇다고 답했다. 작고 간단한 작품 위주여서 딱히 문제가 될 것 같지 않았다. 그러자 이비가 답했다. 그놈은 뭐에 얻어맞았는지도 모를 거야. 배 속 깊은 곳에서 죄책감이 신물처럼 차올라, 나도 모르게 새로 산 바지를 세게 잡아당겼다.

결국 남성용 요가 바지 두 벌을 샀다. 몇 가지 색상이 있

었고 내가 입던 바지보다 좀 더 달라붙는 스타일도 있었지
만, 되도록 중요 부위를 드러내고 싶지 않아서 땀에 절어도
신경 쓰이지 않을 만한 걸로 골랐다. 아이러니하게도 내가
아는 땀복은 진짜 땀을 위한 것이 아니었다. 그냥 아빠들이
마트에서 장 볼 때 입는 옷이었다.

요가실로 들어가기 전에 드레이크를 지나쳤는데, 녀석
은 날 보고도 아무 말도 하지 않았다. 녀석답지 않았다. 특히
오늘 오후 우리의 만남이 얼마나 강렬했는지 떠올려 보면.

드레이크 얘기 좀 할래?

나 아니.

드레이크 우리 얘기하라고 여기 있는 거잖아.

나 그럼 혼자 하든가.

이 새끼는 정말로 그렇게 했다.

지구상에서 가장 불쾌한 인간 특유의 가장 불쾌한 말투
로 벽을 보고 중얼거렸다.

"뭐, 네가 끝까지 얘기를 안 한다면 여기 쭉 갇혀 있어
야겠지. 애초에 내가 널 때리고 싶어서 때린 것도 아닌데. 난
그저 본능적으로 반응했는데 결과가 안 좋았을 뿐이지. 그래
서 이렇게 오붓하게 같이 앉아 있잖냐. 말 한마디 안 하고."

나도 할 말은 있었다. 아무한테도 폐 끼치지 않고 조용
히 뜨개질하는 일은 누군가의 얼굴을 주먹으로 갈기는 것과
동급은 아니라고. 하지만 말하지 않는 편이 더 나았다.

드레이크는 말하는 걸 더 좋아했다. 목청을 가다듬더니 쓸모없는 정보를 쏟아 냈다.

"이 시간에 젠이랑 맛있는 타코를 먹거나 중요한 대수학 시험공부를 하거나 슈팅 연습을 하거나 기타 등등 할 게 많은데 여기, 이 방에서, 너랑 같이, 가만히 앉아 있네."

녀석은 한자리에 가만히 앉아 있는 게 고통스러운 모양이었다. 앞 책상을 자꾸 발로 걷어차 심벌즈 같은 소리를 내자 토머스 선생님도 눈살을 찌푸렸다. 드레이크는 자기가 얼마나 시끄러운지 모르는 눈치였다.

앉은 자세를 고칠 때마다 의자 다리와 등받이가 사정없이 삐걱거렸다. 녀석은 펜으로 책상을 툭툭 두드리며 날 보고 씩 웃기도 했다. 내 심기를 건드리는 행동인 걸 아니까. 고맙게도 토머스 선생님이 끼어들었다.

선생님은 드레이크에게 차라리 음악을 들으라면서 저번과 비슷한 말을 했다.

"관계를 억지로 진전시키는 것보다 그저 같은 공간을 공유하는 게 더 나을 때도 있다."

흠. 치어리딩 연습도 그런 식으로 이끄시나?

드레이크는 누군가를 열받게 해야만 직성이 풀리는 놈이다. 남의 버튼을 누르고 반응이 부정적일수록 좋아하는 변태.

토머스 선생님도 안다. 녀석이 어떤 놈인지 정확히 알고 있다. 사실 녀석과 한 공간에 있으면 누구라도 5분 만에 파악할 수 있다. 문제는 선생님이 우리 만남을 진심으로 즐기는 눈치라는 것이다. 모든 사람이 서로 사랑하길 바라는 박애주의자라 사이가 안 좋은 두 사람을 한방에 놓고 유대감을 싹틔우는 걸 사명으로 삼은 것이다.

5분 뒤 나는 에라 모르겠다, 하고 가방에서 실과 대바늘을 꺼냈고 상황은 이렇게 흘러갔다.

드레이크 그 짓을 또 한다고?

나 어.

드레이크 쪽팔리지도 않냐?

나 어.

드레이크 내가 다 쪽팔린다.

나 할 일도 어지간히 없네.

나는 목도리 뜨기에 집중하며 녀석을 무시했다. 그렇게 우리는 각자 시간을 흘려보냈고, 토머스 선생님은 드레이크가 날 좀 더 밀어붙여 대화를 끌어내지 않아 내심 실망한 듯했다. 하다못해 말다툼이라도. 그건 적어도 함께하는 일이니까. '형제애를 향한 여정'의 출발점이 될지도 모르니까. 그제야 내가 요즘 참 이런저런 여정에 올랐구나 싶었다.

의외로 나의 요가 여정은 순조롭게 진행 중이다. 분명 열기와 습기가 날 죽일 것 같아서 그냥 아빠한테 이실직고하고 벌을 받는 게 낫겠다고 생각한 때가 있었는데 언젠가

부터…… 할 만하달까?

물론 여전히 핫요가 두 시간 코스다. 눈썹이 땀으로부터 눈을 보호하는 역할을 한다는 사실을 드물게 깨닫는 시간.

만년 건조했던 피부가 이제 평소에도 촉촉함을 유지하고 있다. 다른 수행자(우리는 서로 이렇게 불러야 한다)들에게서 몸의 독소가 많이 빠진 것 같아 보인다는 말도 들었다.

요가를 하면 내 몸 구석구석을 지나치게 자세히 알게 된다. 이를테면 고릴라 자세를 취하며 선 채로 허리를 푹 숙여 종아리를 잡다가, 잊고 살았던 무릎 뒤 상처를 발견하는 식이다. 그렇게 내 몸이 모든 신체 경험의 지도라는 것을 깨닫게 된다.

그때 핸드폰 진동이 울렸다. 이비의 문자였다. 원래 교실에서는 핸드폰 사용이 금지지만 위험을 무릅쓰고 답장을 보냈다. 엄밀히 따지면 수업 시간이 아니니 토머스 선생님도 개의치 않을 것 같았다. 드레이크는 흥미롭다는 듯 몸을 바로 세웠다. 아마 나 같은 동굴 은둔자가 바깥세상과 교류하는 게 신기해서였을 거다.

새빨간 실 있어?

어.

다른 색은 뭐뭐 있어?

전부 다.

브라 뜨는 거 어려울까?

나는 잠시 방구석에서 브래지어를 짜다가 아빠에게 들키는 순간을 상상했다.

딱히. 언제 필요한데?

되도록 빨리. 엄청 크게 뜰 수 있어?
눈에 확 띄게.

갑자기 뒤가 켕겼다.

저기, 발 빼겠다는 건 아닌데, 걔가 그런 꼴을
당해도 싼지 이유는 들어야겠어. 구체적으로.

곧바로 답장이 올 줄 알았는데, 이비는 답이 없었다.

그래서 내 세계는 다시 조용해졌다. 차라리 다행이었다.
요가를 배우고 드레이크와 만나는 것은 나에게 아주 이례적인 사회 활동이다. 그 두 가지만으로도 진이 빠졌다. 사람들은 진을 뺀다. 그들의 인생과 취향은 나에게 흥미 없는 것들의 끝없는 소용돌이다. 그럴 때마다 혼자가 얼마나 편한지만 실감하게 된다. 진심.

사람들은 내 그런 면을 끊임없이 고치려고 한다. 할머니는 내가 다른 애들과 함께 뭐라도 하길 간절히 바랐지만 늘 관심 없는 나 때문에 애태우며 이런저런 방법을 찾았다. 체조 수업에 등록시킨 것도 그중 하나였는데, 내가 작은 트램펄린에서 발목을 삐는 바람에 재앙으로 끝났다.

유소년 축구단도 나쁘지 않았다. 어릴 때는 경기장 한가운데 앉아 오렌지를 까먹어도 혼내는 사람이 없었다. 부끄러워서 얼굴을 가리는 아빠만 빼면.

그러다 어느 순간부터 할머니는 나를 그냥 내버려 두기로 했다. 근심 걱정 많은 이상한 아이로. 그때부터 나에게 뜨개질을 가르쳤다.

하지만 나도 사회의 구성원으로서 사회성을 기르면 나에게 좋다는 걸 안다. 무리 지어 사는 건 인간의 생물학적 욕구니까. 먼 옛날 동굴에 살면서 생존을 위해 서로 뭉쳐야 했던 습성 말이다. 하지만 이제 그럴 필요가 없는데 왜 혼자 지내면 큰일 날 것처럼 구는지 모르겠다.

할머니라면 이렇게 말할 거다. 큰일 난다. 사랑 없이는 못 사니까. 숨어만 있으면 누가 사랑해 주겠니. 그러면 나는 이렇게 대꾸할 거다. 숨는 게 아니라고. 그저 나를 알아봐 줄 사람을 기다리는 거라고. 할머니는 나를 물끄러미 바라보다가 자기 방으로 가서 기도할 거고, 다음 날 내 가방에는 마티 몇 개가 더 들어 있겠지.

여전히 답장이 없길래 나는 이비가 내 질문에 짜증이 났다고 생각했다. 그런데 샤워하고 나오니 문자가 두 통 와 있었다. 하나는 갈색 머리에 여드름이 난 깡마른 백인 남자애 사진이었다. 빛나는 교정기를 낀 채 활짝 웃고 있었다.

> 마일로 해리스야. 조던이 수구팀을 시켜서 간이 화장실에 가두고 화장실을 통째로 쓰러뜨린 적 있지. 그 뒤로 조던 패거리에게 쭉 시달리다가 참다못해 전학 갔어. 이건 내가 알아낸 것 중에 극히 일부야.

> 흠… 구체적이긴 하네.

나도 마일로 해리스를 알았다. 1학년 때 과학실 짝이었는데, 두 달 만에 사라졌다. 이제야 이유를 알았다.

> 악당은 하루아침에 나타나지 않아. 쭉 나쁜 놈이었는데 감추는 데 능숙하거나 주변에서 커버를 쳐 주지. 둘 다거나.

> 넌 걔랑 사귀는 동안 그걸 몰랐어?

보내기 전에 의미를 충분히 곱씹었어야 했다. 내 질문은 이비가 남자 친구의 본성을 알고도 무시했음을 지적하고 있었다. 하지만 이미 화면에 이비가 답장을 쓰고 있다는 표시가 떴다.

그땐 알고 싶지 않았어. 나도
그 자식 방패막이를 자처했지.

아직 발 뺀 거 아니지?

그 브라 얼마나 커야 해?

대문짝만하게.

공연 연습 때 네가 가진 거랑 금방
마무리할 수 있는 거 다 챙겨 와.

나는 잠시나마 사회적 고립을 자초한 것을 후회했다. 만약 내가 다른 사람들의 삶에 조금이라도 관심을 기울였다면 이비가 조던에게 복수하려는 이유를 진작 알았을 테니까.

그래, 분명 두 사람은 헤어졌고, 조던은 쓰레기일 가능성이 크다. 그런데 하나가 비어 있었다. 마지막 문자를 받은 지 몇 분이 지났지만, 결국 나는 물어야 했다.

걔가 인간 말종이라는 거 알겠어.
너희가 안 좋게 헤어졌다는 것도.
근데 걔가 너한테 뭘 어쨌길래?

한동안 답이 없었다. 답이 온 건 꼬박 한 시간 뒤였다.

나한테서 뭔가를 뺏어 갔어.
난 그걸 돌려받을 거야.

제대로 된 답은 아니었지만, 차차 알게 되겠지. 아마 준
비가 되면 본인이 알려 줄지도.

나마스떼,
레오

9

오늘의 자세: 코브라 자세

나는 뱀을 싫어한다.

바닥에 배를 대고 엎드려 손으로 어깨 양옆을 짚고 상체를 천천히 들어 올리는 자세다. 뱀처럼 쉭쉭 소리를 내는 건 선택 사항이다.

이 자세의 핵심은 아마도 몸 안의 근육에 집중해서 자세를 유지하는 것일 테지만, 나는 엉덩이를 바짝 조인 다른 뱀 인간들의 뒷모습에 번번이 주의를 빼앗긴다.

∼ℓℓ∼

이비가 자발적으로 내 옆에 앉았다. 독립 기념일 전까지 매주 진행되는 공연 연습 때였다. 날 본체만체하리라는 예상은 완전히 빛나갔다.

아빠 차에서 내려 적당히 자리를 잡고 앉자마자 이비가
다가와 내 옆에 앉았다. 그러니까, 의자 다리가 맞닿을 만큼
가까이. 우리는 함께 꼬마들이 암송하는 그리스 서사시를 들
었다. 어른들은 실제 공연도 아닌데 아이들한테 무대 의상을
입히고 소품용 칼을 쥐여 주고선 장난치지 말라며 호통을
쳤다.

우리 연습 장소는 교회 별채 강당이다. 무척 오래되었고
그리스계 학교 행사나 독립 기념일 행사에만 쓰이는데, 원래
는 결혼식 피로연장으로 지어졌다. 나라면 결혼식에 이 구닥
다리 강당을 쓰지 않겠지만.

옆자리에 앉은 이비를 눈치 못 챈 척했지만, 잘하지는
못했다. 눈동자가 자꾸 그쪽으로 굴러갔다. 다 함께 일어나
그리스 국가를 부를 때는 한쪽 귀가 활짝 열렸다. 입만 벙긋
할 거라는 예상과 달리 이비는 맑고 강한 음색으로, 모든 가
사를 완벽하게 노래했다.

사람들이 모두 자리에 앉을 때까지도 나는 이비의 목소
리에서 헤어 나오지 못했다. 할머니가 봤다면 혀를 차며 "블
라카스"라고 했을 것이다. 멍청한 놈. 할머니가 입에 달고 살
던 말이다.

곧이어 위가 꽉 조여들었다. 선생님이 내 차례라는 듯이
날 보고 고개를 힘차게 끄덕였기 때문이다. 꼬마들은 노래

하듯이 운율을 살리거나 부모가 불러 주는 말을 앵무새처럼 따라 하면서 귀여움이라도 뽐낸다. 내가 맡은 시는 전쟁과 용맹을 다룬 시였는데, 아마 조상들이 들었다면 눈알을 굴렸을 거다. 그나마 다행히 연단 뒤에서 얼굴만 빼꼼 내밀고 낭송을 마칠 때까지 고개를 들지 않을 수 있었다.

내가 장내를 휘어잡으리라고 기대한 사람은 아무도 없었다. 혹시 누가 감탄했다면 그저 "어머, 쟤 좀 봐요, 그리스어 어느 정도 할 줄 아네요"에 가까웠겠지.

자리로 돌아왔을 때 이비는 없었다. 핸드폰 진동음이 울렸다.

작업 갈 준비 됐어?

이비는 강당 뒤편에서 나에게 문자를 보내고 있었다. 나는 '우리 연습 중이야'라고 보내고서 후회했다. 아니나 다를까 '나도 알아'라는 답이 왔다.

대화를 어떻게 이어 나가야 할지 막막했다. 뭐라고 하지? 강당에 차려진 음식 좀 먹어 봤냐고 할까? 할머니는 늘 그렇게 물었다. 하지만 그건 80세 미만이 하기엔 부자연스러운 질문이다.

그때 이비가 덧붙였다.

> 같이 애국가 불렀지, 넌 시 낭송했지,
> 우리가 없어져도 아무도 모를 거야.

맞는 말이었다. 나는 버벅대지 않고 무사히 시를 암송했고, 자리도 원래 맨 뒷줄에 혼자 앉는다. 내 또래 남자애들은 무대 근처에 모여 있었다. 아마도 내가 어울려야 할 애들. 코스타, 니코, 스테파노, 야니.

날 볼 때마다 아는 척은 하지만 어릴 때부터 복사(교회나 성당에서 사제의 예식 집전을 보조하는 평신도: 옮긴이)를 하면서 자기들만의 무리를 만들었다. 나는 분향할 때 향로를 흔들다 번번이 내 얼굴을 치는 바람에 일찍이 그 임무에서 제외되었다. 딱히 덤벙대는 편은 아니었으나 많은 사람 앞에서 집중력이 필요한 일을 맡기에는 무리가 있었다.

제단에는 아직도 그을린 자국이 남아 있다. 꼬마 레오니다스가 신성한 장소에서 불붙은 숯이 담긴 통을 휘두른 일을 모두에게 떠올리게 하는 흔적이었다. 뭐, 장소가 중요한 건 아니지만.

나는 마침내 이비에게 답장했다.

> 우리 둘이 연습 중에 사라진 걸 의심하지 않을까?

이비는 기다렸다는 듯이 답했다.

> 설마 우리 둘이 같이 있다고 생각하겠어?

이어서―

> 물건 챙겨 왔지?

오직 이비 파로스만이 코바늘 뜨개 담요를 마약처럼 들리게 할 수 있을 것이다. 내 가방에는 막 작업을 끝낸 물건이 들어 있었다.

강당 밖으로 나가자 이비가 자기 아빠의 차 헤드라이트를 깜빡였다.

"타."

나는 차 문을 열었다.

복수심은 분노와 다르다. 웬만한 일로는 생기지 않는다. 나는 그제야 진심으로 내막이 궁금해졌다. 뒷좌석에 놓인 가방은 안에 동물 사체라도 욱여넣은 것처럼 빵빵했다. 이비는 내 마음을 읽은 듯이 말했다.

"잡혀갈 일은 없을 거야."

'들킬 일은 없을 거야'라고 해야 하지 않나?

"아빠가 나 어디 갔는지 궁금해할 텐데."

"문자 드려. 여자애랑 같이 있다고 해."

이비는 우리 아빠 마음도 읽을 줄 아는 눈치였다.

물론 아빠의 답장은 이렇게 왔다. 천천히 와라.

그렇게 나는 이비의 차를 타고 복수극의 공범이 될 장소로 향했다. 조수석 글러브 박스 위에 놓인 잡지 더미에 책장 사이사이 포스트잇이 튀어나와 있었다. 뭘 표시한 거냐고 묻고 싶었지만 이비의 표정이 질문을 거절했다.

나는 할머니가 뒷좌석에서 담배를 태우는 모습을 상상했다. 할머니는 룸 미러로 이비를 보며 고개를 절레절레하고서 불신 가득한 표정으로 나에게 말했다.

내가 경고했잖니, 아가피 무.

고급 주택가에 접어들어 어느 집 앞에 차를 세웠다. 거대한 현관과 웬 U자 형태의 기이한 고가 도로 진입로가 딸려 있었다. 일부러 해안 산책로 근처에 만든 과시형 진입로였다. 조만간 구청에서 전용 출입구를 막아 버릴지도 모른다. 그야 해변이 뉘 집 앞마당이냐고.

나는 먼저 CCTV들을 발견했다.

"저기 찍히면 어떡해?"

"오늘 이 집 부모는 요트 클럽 행사에 갔고 조던은 늦게까지 수구(수영 경기의 하나. 경기 방식이 핸드볼과 유사하다: 옮긴이)팀 훈련이야."

내 떨떠름한 표정을 보고 이비가 덧붙였다.

"저 카메라들은 몇 달째 꺼져 있어. 걔네 아빠가 그냥 달아만 놓은 거야. 현실판 스크루지 영감이거든."

너무 자신 있게 말해서 정말 그런가 보다 했다.

지금 돌이켜 보니 내가 너무 순진했구나 싶다. 하지만 두 사람은 헤어진 지 얼마 안 됐다. 커플이 서로의 집을 속속들이 아는 것은 흔한 일일지도 모른다. 차고 비밀번호쯤은 보통 공유할지도. 나야 알 수 없지만.

이비는 나를 쪽문으로 데려갔다. 그곳에는 셔터가 달린 헛간이 있었다. 이비는 번호 자물쇠의 숫자를 맞췄다.

"넌 어떻게 모든 비밀번호를 알아?"

"걔는 늘 똑같은 걸 쓰거든."

애초에 어떻게 알았냐는 의문은 그대로 남아 있었다.

"내가 눈썰미가 좀 좋아."

이비가 덧붙였다.

이내 셔터가 올라가고 눈앞에 드러난 것은 감탄이 나올 만큼 아름다운 산악자전거였다. 곧바로 나는 불안해졌다.

"뭘 훔친다는 말은 없었잖아."

"누가 뭐래? 아무것도 안 훔쳐. 넌 진짜 내가 그렇게 무모해 보여?"

내가 답답했는지 이비가 이어서 설명했다.

"우린 사진을 찍어서 그 자식한테 한 방 먹일 거야. 걔가 멍청한 짓 하는 걸 찍자는 게 아니야. 우린 예술을 할 거라고. 그래서 예술가한테 부탁한 거잖아. 알겠으면 진정하고 따라와."

이비가 완전히 돌아서고 나서야 나는 입꼬리를 올렸다.

반협박으로 난처한 사진을 찍게 되었어도, 난 예술가였다. 듣기에 썩 나쁘지 않았다. 그 말을 하는 사람의 눈빛은 살기등등했지만.

이비는 자전거에 채워진 다이얼 자물쇠까지 따고 초인적인 힘으로 거치대에서 자전거를 들어 한 손으로 던졌다. 허둥지둥 받아 세웠더니 놀랄 만큼 가벼웠다. 충격받은 내 표정에 이비가 인상을 찌푸렸다.

"맞아. 만 달러가 넘는 자전거야."

가슴이 또 한 번 덜컹했다.

"걱정 마. 흠집 하나 안 낼 테니까."

이비는 피식 웃으며 스웨터를 훌렁 벗었다.

나를 등지고 있어서 다행이었다. 내가 눈을 한 박자 늦게 내리깔았기 때문이다. 다시 돌아선 이비는 듀크 대학교 약자가 새겨진 티셔츠와 점퍼를 입고 있었다. 체구에 비해 너무 컸다. 물론 그래서 더 보기 좋았다. 여자들이 남자 옷을 걸치는 데 어떤 작용이 일어나는지는 모르겠지만, 확실히 효과가 있었다.

이비는 헛간의 흰 외벽에 자전거를 기대 세웠다. 드디어 가방의 봉인이 풀렸다. 그 안에서 꼬마전구, 케이블, 고무 밧줄, 여분의 털실 같은 것들이 줄줄이 나왔다.

"네 차례야."

이비가 자전거를 가리키며 말했다. 내가 망설이자 이비는 이를 악물고 그리스어로 으르댔다.

"그냥 실이잖아. 영원한 게 아니라고. 그냥 씌우고, 사진 찍고, 벗기면 되잖아."

내가 다시 땅에 놓인 물건들을 내려다보자 이비가 한발 물러나 잠자코 기다렸다.

머리가 살짝 윙윙거리면서 통제력을 잃어 가는 느낌이 들었다. 억지로 뭔가를 하는 게 싫었다. 내 방식대로 사진을 찍을 수 없는 것도.

나는 가방에서 내 물건들을 꺼냈다. 형광 초록색 실들, 한 번도 덮은 적 없는 그래니 스퀘어(코바늘로 중앙부터 바깥쪽으로 뜬 정사각형의 직물 조각. 주로 이어 붙여서 담요로 만든다: 옮긴이) 담요, 그리고 이비의 요청으로 뜬 큼지막한 알파벳들. 그때까지도 나는 용도를 몰랐다.

"이런 식으로 시작해 봐."

이비가 핸드폰을 켜더니 실로 감싼 자전거 사진을 보여 주었다.

"아니. 땅에서 떠오르는 것처럼 보여야 해."

나도 어디서 영감을 받았는지는 모르겠지만, 그냥 그게 좋을 것 같았다. 이미지가 머릿속에 도안처럼 떠올랐다. 나는 자전거 앞바퀴를 바닥에서 30센티미터쯤 띄워 놓은 채 손잡이만 빼고 모두 실로 감기 시작했다.

손잡이는 왜 그냥 두냐고 묻길래 자전거 브랜드가 드러나면 좋겠다고 답했다. 이비는 감탄하며 나를 도와 바퀴에 실을 감았다. 의외로 시간이 오래 걸렸지만 점점 속도가 붙었다. 누가 나타날까 봐 내내 가슴 졸이는 나와 달리 이비는 들킬 걱정을 전혀 안 하는 듯했다.

　　"내가 걜 싫어해야 할 이유가 또 있어?"

　　잘 알지도 못하는 남자애를 망신시킬 작품을 만들고 있자니 아무래도 찜찜했다.

　　"내가 말했지. 싫어해서가 아니라고."

　　이비가 날 도와 엉킨 실을 풀어내며 대꾸했다.

　　"좋아, 증오가 아니라 치자. 하지만 누구 하나를 괴롭혀서 전학 보낸 게 다는 아니겠지. 그리고 네가 가져온 거 다 꺼내 볼래? 우리가 뭘 할 건지 좀 보게."

　　내 말에 이비는 가방에서 문제집을 한 아름 꺼냈다.

　　"누구 하나는 아니야. 그나저나 너 브라는 다 떴어? 다음 촬영 때 필요해."

　　내가 물건을 꺼내 보이자 이비는 웃음을 터뜨렸다. 형광 핑크에다가 양쪽 컵은 배구공이 들어갈 만큼 넉넉했다. 이비는 말을 이었다.

　　"간이 화장실 사건이 전부가 아니야. 그놈의 파렴치한 짓은 어제오늘 일이 아니지만 나이가 들면서 갈수록 교묘해졌어. 어릴 땐 책상 서랍에 비곗덩어리라고 쓴 쪽지를 넣어 놓는 정도였는데 갈수록 창의력을 발휘했지. 수구 경기 때 남의 수영복에 구멍을 뚫어 놓거나 심판 눈을 피해 물속에서 더러운 반칙을 했어. 바닷가에서 놀 땐 절대 쓰레기를 안 치워. 아니, 인성이 얼마나 개차반이면 바닷가에 쓰레기를 남겨?"

이비는 숨을 몰아쉬며 머리카락을 획 넘겼다.

그때 쪽문이 철컹하는 소리가 들렸다. 나는 동상처럼 굳었다.

"괜찮아. 슈트루델이야. 저먼 셰퍼드인데 덩치가 크긴 해도 날 잘 따라. 걱정 마."

"아, 그래. 널 잘 따른다니 다행이네. 근데 날 보고 군침을 흘리면 어쩌지? 그리스인이 입맛에 맞아야 할 텐데."

내가 나지막이 중얼거렸다.

이비가 소리 내어 웃자 잠시나마 그 덩치 큰 개 식성이 걱정되지 않았다.

"이제 글자들."

이비가 주문했다.

이비는 내가 건네준 알파벳을 앞바퀴에 하나씩 달기 시작했다. 그러다 나는 우뚝 멈췄다.

"왜 또 그래?"

이비의 머리카락에서 코코넛 향이 물씬 풍겼다.

"아무것도 아냐."

아무것도 아닌 건 아니지만, 설명할 수도 없었다. 이렇게 위험한 짓을 하면서 불안 증세가 나타나지 않은 게 처음이라 당황했다고는. 나는 생각하지 않으려고 애쓰며 물건을 계속 건넸다.

이비가 주문한 건 빨간 털실로 도톰하게 뜬 손바닥만 한 알파벳들이었다. 철자는 다음과 같았다.

L-I-A-R(거짓말쟁이).

나는 꼬마전구를 켜서 자전거에 걸치듯 늘어뜨렸다.

"타는 척할 수 있어?"

내가 물었다.

이비는 잠시 생각하더니 자전거로 걸어가 안장에 걸터앉았다.

"잠깐."

번뜩 아이디어가 떠올랐다. 나는 앞바퀴 아래 문제집들을 쌓아 경사면을 만들었다. 바닥에 누워서 찍으면 마치 자전거가 하늘로 날아오르는 것처럼 보이도록.

이비는 점퍼를 열어 티셔츠의 '듀크' 자가 선명히 드러나게 한 뒤 고개를 돌렸다. 윤기 나는 검은 머리카락이 어깨 위로 흘러내려 점퍼에 수놓인 마지막 글자를 살짝 가렸다.

이비는 허락의 의미로 고개를 끄덕였다.

"걔가 사진 속 너를 알아봐도 상관없어?"

"어."

"걔가 보복하려 들지 않을까?"

"아마도."

"돈도 많고 인맥도 넓은 애를 건드려서 괜히—."

"네가 뭔 상관이야?"

이비가 쏘아붙였다.

"상관은 없는데."

"그럼 그냥 사진이나 찍어. 부탁해."

"부탁해"라는 말에 지독한 원한이 묻어났다. 그러나 분노의 대상이 내가 아니란 걸 되새기듯이 덧붙인 말이었다.

나는 잠자코 사진을 찍기 시작했다. 누구나 그렇듯이 나도 나만의 촬영 방식이 있다. 프레임 밖을 철저히 무시하고, 어떤 순간을 포착했다 싶으면 최대한 많이 찍는다.

실제로 살아 있는 피사체를 촬영하는 건 이번이 처음이었다. 이비한테 자세를 어떻게 하면 되는지, 팔을 어디에 둘지, 고개를 어느 방향으로 틀라고 요청하는 것은 이제까지의 작업 방식과 완전히 달랐다. 좋은 쪽으로. 마치 살아 있는 예술을 창조하는 것 같았다. 이비가 날 전적으로 믿고 따르니 기분이 묘했다.

잠시 후 나는 이비에게 마음에 드는 사진을 보여 주었다.

"완벽해."

이비가 말했다.

그러고 자전거를 감싼 실을 잘라 내기 시작할 때였다.

다시 철컹하면서 개 짖는 소리가 허공을 메웠다. 나는 재빨리 전구를 끄고 부겐빌레아로 뒤덮인 벽에 바짝 붙었다.

"긴장 풀어. 내가 달랠게."

이비가 쪽문으로 다가가 무릎을 막 굽히려다가, 눈을 휘둥그레 뜨며 문을 쾅 닫아 버렸다.

"슈트루델이 아니야!"

이비가 속삭였다. 아니나 다를까, 거대한 검정 도베르만이 철창살을 앞발로 긁으며 이비를 향해 짖고 있었다. 심장이 목구멍으로 튀어나올 뻔했다.

그때 진입로에 발소리가 울리길래 이비를 잡아끌었다. 이비는 욕설을 내뱉으며 나를 가시투성이 덤불 속으로 떠밀더니 내 위로 몸을 겹쳤다. 우리는 최대한 몸을 사리고 숨을 죽였다.

이렇게 죽는구나. 복수심에 불탄 예쁜 그리스 여자애의 계략에 휘말려 끝내 맹견한테 물려 죽게 생겼구나. 나는 산 채로 개에게 물어뜯길지도 모른다는 공포 속에서도 이비가 내 위에 납작 엎드려 있는 것을 의식하지 않을 수 없었다. 이비의 뺨이 내 가슴팍을 누르고 머리카락이 내 얼굴을 간질이고 있었다. 빈말로도 편하다고는 할 수 없지만, 솔직히, 나쁘지도 않았다. 만약 코코넛 향이 나는 부드러운 머리카락을 담요처럼 덮고 죽는다면 조금은 덜 괴로울지도?

발소리가 점점 가까워지자 나는 속으로 기도했다. 내가

아는 유일한 기도문은 할머니가 악마의 눈을 피하려고 외던 기도였다. 개가 발작적으로 짖어댔다. 그야 우리 냄새를 맡고 초대받지 않은 손님이라는 걸 직감했을 테니까.

"타파티오!"

웬 남자가 외쳤다.

"걔네 아빠야. 요트 클럽 간 거 아니었나 봐."

이비가 떨리는 목소리로 속삭였다.

난 그가 덤불 속에서 우리를 발견하는 상황을 상상했다. 우리는 변명하려 애쓰다가 경찰서로 끌려가겠지.

그 순간, 기적처럼 개 짖는 소리가 달라졌다. 곧이어 둔탁한 소리와 함께 고양이의 하악질이 들렸다.

"이런 젠장, 겨우 고양이 한 마리 때문에 날 집 밖으로 나오게 한 거냐? 안으로 들어가, 이 멍청한 개새끼야!"

조던의 아빠가 욕을 퍼부었다.

우리는 덤불 속에 15분쯤 더 머물고 나서야 움직일 용기를 냈다. 서둘러 작업물을 모두 제거하고 자전거를 조심스럽게 거치대에 돌려놓았다. 가방 지퍼를 닫으려는데 손이 떨려 자꾸 헛손질했다. 고맙게도 이비가 나 대신 닫아 주었다. 물론 조금이라도 빨리 탈출하려는 의도였겠지만.

우리는 가방을 어깨에 둘러메고 자동차로 달려갔다. 조던네 거리에서 완전히 벗어날 때까지 둘 다 아무 말도 하지 않았다.

동네 모퉁이를 돌아 나오자 이비가 어깨를 늘어뜨렸다. 그리고 빨간불에서 머리를 올려 묶었다.

"걔네 아빠가 예전부터 그랬어. 슈트루델이 죽으면 도베르만을 키울 거라고. 안타깝네. 좋은 개였는데."

"좋은 개였다고? 우린 산 채로 물어뜯길 뻔했어. 고작 그게 네가 얻은 교훈이야?"

내가 씩씩대며 말하자 이비가 곧바로 받아쳤다.

"성공했잖아. 그게 포인트야. 이제 진정해."

"진정?"

"그래, 진정해. 다 끝난 일이라고."

마치 집에 가서 에드 시런의 노래를 들으며 거품 목욕이나 하라는 투였다. 이비는 내가 심장이 뛰어서 밤에 잠도 못잘 거라는 걸 전혀 몰랐다. 머릿속으로 그 일을 몇 주간 반복해서 재생하리란 것도. 평범한 사람들에게 긴장 푸는 건 쉬운 일이다. 나는 새삼스러운 사실을 되새기며 카메라를 꺼냈다.

저장된 사진을 보니 이야기가 펼쳐졌다. '거짓말쟁이'라고 수놓인 빨간 글자는 형광 초록색 실과 그래니 스퀘어 무늬를 배경으로 강렬하게 자기주장을 하고, 이비는 조던의 자전거를 타고 별나라로 향했다. 이제 보니 듀크 대학교 점퍼와 티셔츠도 조던의 것인 듯했다.

살짝 웃고 있는 사진도 몇 장 있었지만 이비가 조던의

물건들과 요란한 색깔에 파묻힌 채 자신만만하면서도 열받은 얼굴로 '거짓말쟁이'라고 속삭이는 것처럼 보이는 사진이 가장 마음에 들었다. 게다가 그 단어는 전 여자 친구의 입에서 나오기 딱 좋은 말이었다. 이비가 자전거 앞바퀴 아래 쌓은 문제집 역시 보는 사람의 이해를 도울 것이다.

그래서 내가 사진을 좋아하는 거다. 정확히 말하면 사진을 통해 이야기하는 것. 장면을 일부러 연출하기도 하지만 좋은 사진은 말로 표현할 수 없는 것들을 전달한다. 나는 늘 적절한 말을 찾는 데 서툴렀다.

"걔가 시험 때 부정행위를 했어?"

이비의 얼굴에 미소가 걸렸다. 다만 아쉬울 만큼 짧게.

"한둘이 아니지."

이비는 내가 못 알아듣는다고 생각했는지 덧붙였다.

"그래, 걔는 부정행위를 저질렀어."

자신감은 참 신기하다. 어떻게 보면 마법과 비슷하다. 이비는 남의 집 자전거 창고에서 이상한 촬영을 하고 개에게 물려 죽을 뻔해 놓고도 별일 없었다는 듯 굴었다.

그리고 우리 집 앞에 나를 내려 주고 인사도 없이 떠났다. "별난 사진을 찍어 줘서 고마워, 레오"도, "내 복수극을 도와줘서 고마워, 레오"도 없었다. 사진 자체에 대한 칭찬도 없었다. 내가 찍은 100장에 달하는 사진 중에서 이비는 단 한 장을 골랐다. 나는 그저 이비의 조수였다. 썩 유쾌하진 않지만 그게 어디냐 싶기도 했다.

집에 들어가니까 의자에 앉아 있던 아빠가 나를 보고는 고개를 끄덕였다. 익숙지 않은 인정의 표시에 괜한 심술이 나서 할머니 방을 지나며 문을 열어 놓았다. 내가 열어 두면 꼭 아빠가 닫는다. 우리만의 묘한 줄다리기가 되고 있었다. 아빠는 슬픈 기억을 지우려고 문을 닫는 모양이지만 나는 나대로 할머니가 없다는 사실을 되새기려고 문을 연다. 닫힌 문을 보면 왠지 할머니가 그 안에서 전화 통화를 하거나 담배를 피우거나 아빠가 질색하는 그리스 드라마를 보고 있을 것 같아서.

내 방에 도착하자 이비가 떠 달라고 했던 단어가 떠올랐다.

거짓말쟁이.

비밀과 거짓말로부터는 영영 달아날 수 없다, 아가피 무.

그렇게 말해 줄 할머니는 이제 내 곁에 없다.

나마스떼,
레오

10

오늘의 자세: 행복한 아기 자세

나는 애나벨의 목소리에 길들었다. 애나벨이 특정한 자세를 시작하며 특정한 말을 할 때마다 신기하게도 내 몸이 저절로 반응한다. 이를테면 행복한 아기 자세를 시작할 때 "이제 척추를 부드럽게 마사지해 줍시다" 하고 말하면 척추가 곧게 펴지는 느낌이 든다. 꼭 무슨 일이 벌어질지 아는 것처럼.

등을 대고 눕는다. 양손을 뻗어 발가락을 잡는다. 그 상태로 몸을 앞뒤로 흔든다.

그래, 정말로 약간은 행복한 아기가 된 것 같다.

ele

이비는 말없이 내 회원 카드를 스캔했다. 이틀 전 촬영에 대해 한마디도 없었다. 눈인사조차 안 했다. 심지어 내가 잡지 위에 코바늘로 뜬 데이지를 떨어뜨렸을 때도 고개를 들어 0.5초간 쳐다본 게 다였다.

하지만 그렇다고 이비와 보낸 한때가 머릿속을 떠나지는 않았다.

도베르만이 나타나기 전까지는 전혀 불안함을 못 느꼈다. 어쩌면 사진을 찍거나 찍을 준비를 하고 있어서였을지도 모른다. 사진 찍기도 뜨개질처럼 우연히 찾은 치료법이다. 문제는 항상 할 순 없다는 거다. 사진에만 집중할 수는 없다. 다른 할 일도 많으니까. 이를테면 매주 토머스 선생님 앞에서 인간성을 잃지 않는 일. 그야 내가 뜨개질을 할 때마다 드레이크가 살살 긁으니까.

담요도 떠?

목도리도 떠?

뜨개질을 왜 해?

누구한테 배웠어?

그러고 있으면 할머니가 된 기분 들지 않아?

무시할수록 더 무례하게 굴기 때문에 나는 웬만하면 단답형으로 대답하고 넘어간다. 오늘도 그럴 각오였는데, 예상이 빗나갔다. 드레이크가 이상했다. 손이 축축해 보였고 파리를 쫓듯이 고개를 흔들었다.

최선을 다해 무시했지만 자꾸 신경이 쓰였다. 그게 녀석의 주특기인 걸 알면서도. 토머스 선생님은 메일을 확인하느라 녀석의 상태를 알아채지 못했다. 드레이크는 앉은 자세가 불편한 듯 엉덩이를 뭉그적거렸다. 경련하듯 고개를 흔드는 모양새도 꼭 그러지 않으려고 애쓰는 것 같았다. 처음 보는 모습이었다. 관심을 끌지 않으려고 애쓰는 드레이크라니.

우리가 기적처럼 우정을 싹틔우는지 지켜보던 선생님은 오늘따라 유독 눈치가 없었다.

"얘들아, 나 행정실 좀 다녀와야 하는데 잠깐 둘만 있어도 괜찮겠지?"

선생님은 답을 듣지도 않고 문을 나섰다.

드레이크는 식은땀을 흘리고 있었다. 단백질 음료와 바나나 두 개가 책상 위에 그대로였다. 뭐든 빨리 먹는 녀석이라 확실히 이상했다. 그래도 나는 단호하게 무시하려고 노력했다. 녀석의 숨소리가 거칠어지기 전까지는.

"야, 너 어디 아프냐."

"어."

드레이크가 몸을 흔들거리며 대답했다.

"보건실 가지 그래?"

그야 녀석이 토한다면 나도 토할 테니까. 누가 토하는 모습만 봐도 직방이다. 그건 불안이 아니라 그저 불행이다.

"글쎄."

녀석은 계속 흔들거렸다.

"뭐 잘못 먹었냐……?"

내가 슬쩍 떠봤다.

드레이크는 몸을 움직이지 않으려고 애쓰며 입술만 움직여 대답했다.

"애더럴(각성제. 주로 ADHD 증상 개선에 효과가 있다: 옮긴이). 집중력 문제 때문에 먹었는데 뭔가 나한테 좀 안 맞나봐."

"제대로 처방받은 거야?"

드레이크가 인상을 확 구겼다.

"알았어. 처음 먹은 거야?"

"어."

녀석은 얼굴이 창백했고 내가 요가를 할 때처럼 눈썹에 땀이 고이기 시작했다.

"언제 먹었는데?"

"어젯밤에."

"정말 보건실 안 가도 되겠어?"

"어젯밤에 처음 먹으면 안 되는 거였는데……. 그리고 보건 선생님은 날 싫어해."

"놀랍네."

녀석의 얼굴이 너무 애처로워서 나는 비꼰 걸 바로 후회했다.

"미안."

침묵이 방을 악취처럼 채웠다.

"저기, 그럼…… 엎드려서 한숨 잘래……?"

나는 불안 증세 때문에 몇 번 약을 먹은 기억을 떠올렸다. 효과는 있었지만, 머릿속이 안개 낀 것처럼 몽롱했다. 한숨 자고 나서야 괜찮아졌다.

드레이크가 날 물끄러미 쳐다봤다.

"토머스 선생님한테는 몸이 좀 안 좋은 거 같다고 얘기할게."

어차피 녀석의 눈은 이미 가물가물했다.

"그래 주면 고맙고."

나는 고개를 끄덕였고 드레이크는 엎드리자마자 코끼리처럼 코를 골았다. 심지어 가방도 벗지 않은 상태였다. 잠시 후, 새로 온 상담 선생님이 찾아와 토머스 선생님은 행정실에 급한 일을 해결하러 가서 자기가 대리 감독으로 왔다고 했다.

공기가 쌀쌀했다. 웬만하면 참겠는데 아무래도 불편했다. 일어나서 에어컨을 조절하려 했으나 먹통이었다. 방 안에는 찬 공기가 몰아쳤다.

"아직도 수리가 안 됐나 봐. 이 건물은 제대로 작동하는 에어컨이 없다니깐."

선생님이 카디건을 여미며 중얼거렸다.

드레이크가 부르르 떨며 끙 앓았다. 선생님은 눈치 못

챈 듯했지만 나는 못 본 척하기 어려웠다. 할머니라면 이렇게 말했을 것이다. 뭐라도 덮어 줘라, 아가피 무. 그럼 나는 "지구에서 가장 짜증 나는 인간한테요?"라고 대꾸했겠지.

추워하는 인간이잖니. 틀린 말은 아니었다.

나는 작업 중이던 촌스러운 그래니 스퀘어 담요를 녀석의 등 위로 덮어 주었다. 떨림은 잦아들었으나 백팩을 메고 있어서 겨자색 털로 덮인 기이한 거북처럼 보였다.

10분쯤 뒤에 토머스 선생님이 왔다. 책상에 엎드려 기절한 드레이크를 힐긋 보더니 내 쪽으로 능글맞은 눈빛을 보냈다. 종이 울렸는데 드레이크는 꿈쩍도 하지 않았다.

나는 가방을 챙겨 일어났다.

"몸이 좀 안 좋은가 봐요. 일어나면 담요 여기 두고 가라고 전해 주세요. 제가 알아서 찾아가겠다고."

내가 문을 나설 때까지도 드레이크는 코를 골았다.

나마스떼,
레오

오늘의 자세: 타다사나 또는 산 자세

평범한 인간처럼 그냥 똑바로 서 있는 자세다.
마스터했다.

~elle~

기분이 좋다. 괜찮은 것 이상이다. 수업 덕분인 것 같다.
사람들은 보통 요가를 실컷 스트레칭하고 매트에 누워
과일 조각이 뜬 물을 마시는 걸로 안다. 잘 알고 있다. 하지
만 고요하기도 하다. 게다가 핫요가라면 땀을 한 양동이씩
흘린다.
솔직히 긴 시간 밀폐된 공간에서 그만큼 땀을 쏟아 내
면, 하는 동안은 끔찍할지 몰라도 끝나고 나오는 순간엔 아

주 상쾌하다. 그리고 지난 일을 곱씹을 시간이 많다. 오늘은 드레이크한테 담요를 돌려받은 순간으로 되돌아갔다. 녀석은 생활지도실 밖에서 날 기다리고 있다가 담요를 건넸다.

"고맙다."

드레이크가 담요를 내려다보며 말했다.

"천만에."

의외로 어색하지 않았다.

"파이트 클럽은 왜 취소했어?"

방에 들어서면서 드레이크가 물었다.

"전투 호신술 수업 말하는 거야?"

"어, 이름이야 뭐든, 시비 거는 놈을 두들겨 패는 기술을 배우지. 왜 발 뺐어?"

"글쎄."

토머스 선생님이 없어서 우리는 그냥 늘 앉던 대로 마주 보는 자리에 앉았다.

"말해 봐."

드레이크가 재촉했다.

"내 취향이 아니야."

"그렇게 나쁘지 않아. 실제로 써먹을 수 있는 기술을 배운다니까. 꽤 유용하다고."

"전사 어쩌고 외치는 구호 듣고 이건 아니다 싶었어."

드레이크는 내 말을 곱씹었다.

"뭐, 하긴. 그래도 배워 놓으면 좋은데. 언제 싸울 일이 생길지 모르잖아. 다짜고짜 주먹부터 내지르는 인간들이 세상에 얼마나 많은데."

"좋은 예시가 내 눈앞에 있지."

어느새 나는 웃고 있었다.

"그렇게 나온다 이거지."

드레이크도 우하하 웃었다.

"난 그냥, 그런 놈이 아니야."

나는 어깨를 으쓱하며 말했다.

"그럼 어떤 놈인데?"

"조용히 있고 싶은 놈."

"우린 매주 한 시간씩 여기 박혀 있게 생겼어. 언제까지 말 한마디 안 하고 뜨개질만 할 수 있을 거 같아? 대체, 어떤, 놈이, 그래?"

실은 끝까지 말 한마디 안 하고 뜨개질만 할 수 있길 바라고 있었다. 그때 우리 뒤에서 토머스 선생님이 물통을 떨어뜨렸다. 슬그머니 들어오려다가 돌파구가 될지 모를 순간을 방해해 버린 자신을 탓하는 눈치였다.

드레이크의 말은 마치 개인 트레이너가 지극히 내면적인 질문을 던짐으로써 정신력을 일깨우고 동기를 부여하려는 말 같았다.

나는 미끼를 물지 않았다.

"싸움 자체가 싫어서 배우기 싫을 순 있지만, 배워 두면 언젠가 큰 도움이 될 수 있잖아. 난 어릴 때부터 쭉 무술을 배웠어."

"그런데 호신술은 또 왜 배워?"

"그 수업 강사가 우리 새아빠야. 브래드 하드윅."

"아."

"이름만큼 얼간이는 아니야. 아무튼, 넌 어떤 놈이야?"

나는 지긋지긋하다는 듯 눈알을 굴렸다.

대답해 줘라, 아가피 무.

"그냥 호신술이 싫은 거야?"

드레이크가 고개를 비스듬히 꺾고 눈썹을 치켜올렸다. 안쓰럽다는 듯이, 진심으로 도와주고 싶다는 듯이.

"난 사람들을 안 좋아해."

나도 모르게 내뱉고서 후회했다.

하지만 드레이크는 웃음을 터뜨리더니 짐짓 진지한 얼굴로 받아쳤다.

"너도 사람인 거 알지?"

"아마도."

내 귀에도 딱하게 들리는 대답이었다.

"요가도 사람 많잖아."

드레이크가 지적했다.

"거긴 조용해. 날 때리고 싶어 하는 사람도 없고."

드레이크는 "널 때리고 싶어 하는 사람은 수두룩해, 레오"라고 말하고 싶은 얼굴이었지만 용케 참았다. 의외였다.

"어차피 선택권도 없어. 이비가 수업 바꿔 주는 대신 뭐 좀 도와달라고 했거든."

"진짜? 뭔데?"

"말 못 해."

웬일로 드레이크는 그러려니 하고 넘어갔다.

"이비는 내 여자 친구 젠이랑 절친이야. 같이 걸스카우트 탈퇴하면서 친해졌대. 꽤 괜찮은 애야. 저번에 나한테 너랑 친하냐고 물어보던데. 이제 그렇다고 말해도 되겠다."

"우리가 친해?"

수업하러 이동하는 학생들로 복도가 시끌벅적했다.

"야, 네가 담요까지 떠 줬잖아. 없던 일로 하는 게 더 이상하거든."

사실 떠 준 건 아니라고 말하려는 순간 종이 울렸다. 어차피 드레이크는 실실 쪼개느라 내 말을 귀담아듣지 않았겠지만.

그래서 이제 나는 녀석과 친구인지도 모른다.

나마스떼,
레오

12

오늘의 자세: 활 자세

엎드려 누운 채 양손을 뒤로 뻗어 발목을 잡는다.

그대로 몸을 앞뒤로 흔든다.

균형을 잃고 옆으로 기우뚱할라치면 몸에 잔뜩 힘을 준다.

하지만 결국은 큰 소리를 내며 꼴사납게 쓰러진다. 아무도 못 봤다고 자신을 속인다.

~~~

그날 이후 드레이크는 나에게 싸움 기술을 전수하는 일을 사명으로 삼았다. 그리고 나는 녀석에게 전화번호를 알려 준 것을 깊이 후회한다.

이제 매일 아침 동기 부여 문자를 받기 때문이다.

> 오늘 넌 새로 태어났어.

> 뻥이고, 네 몸뚱이는 그대로야.
> 물을 충분히 마시고 쓰레기 같은
> 음식 좀 먹지 마.

> 새날이 밝았어. 끝장을
> 내 주자고. 넌 전사야.

드레이크가 거울을 보고 복창하라고 했다. 헛소리 작작
하라고 대꾸했지만, 녀석이 하라는 대로 일찌감치 체육관에
가긴 갔다. 요가 수업 전에 친구를 만난다고 하니 아빠는 두
말없이 허락했다.

드레이크는 펀치 날리는 법부터 알려 주려고 했다.

"좀 아이러니하지 않냐?"

내 말에 드레이크가 고개를 갸우뚱했다.

"나한테 펀치를 날린 사람이 너잖아. 내가 이러고 있는
이유가 바로 너라고. 그런데 지금 네가 나한테 주먹질하는
법을 가르쳐 주고 있으니까 말이야."

나는 생각에 잠긴 드레이크의 얼굴을 바라봤다. 녀석은
역기를 들어 올리느라 지쳐서 생각하는 것조차 피곤해 보
였다.

"그냥 시키는 대로 좀 할래? 넌 서 있는 자세부터 틀려먹었어. 이러고 있다 누가 공격하면 한 방에 나가떨어지는 거야."

가까운 미래에 호신술을 써먹을 일이 있을까 싶었지만, 나는 토 달지 않고 자세를 고쳤다.

드레이크도 자기가 말하고 싶지 않은 화제는 피한다. 예를 들면 가방에 처박은 시험지. 녀석은 미적분학에서 낙제점을 받고도 아무렇지 않은 척 굴지만, 좌절하지 않고서야 가방에 수학책을 그렇게 거칠게 쑤셔 박을 리 없다.

마지막으로 드레이크에게 자세를 교정받고 요가복으로 갈아입기 전까지 몇 분 정도 남아서, 분홍색 털실로 뜨다 만 아기 모자를 꺼냈다.

드레이크는 설명이 필요한 표정으로 날 보다가 결국 이렇게 물었다.

"너 임신했냐?"

"엣시 판매용이야."

'엣시'가 수공예품을 파는 웹사이트이며 그 안에 내 개인 상점이 있다고 설명하자 드레이크가 물었다.

"상점 이름이 뭔데?"

나는 핸드폰으로 내 계정에 들어가 화면 상단의 가게 이름을 보여 주었다.

"코페다?"

"어. 코바늘로 언어유희한 건데."

드레이크는 떨떠름한 얼굴로 고개를 끄덕였다.

"이런 걸 만들어서 온라인으로 판다고?"

"어. 개인 창작자가 직접 제작한 물건을 팔 수 있는 플랫폼—."

"그렇군."

드레이크는 관심 없는 부분은 대충 끊고서 물었다.

"우리 팀에도 이런 거 맞춤 제작하려는 애들 있는데. 니트 스카프나 비니 같은 거. 얼마나 빨리 뜰 수 있어?"

"꽤 금방."

다음 날, 사물함 근처 벤치에서 점심을 먹는 대신 드레이크에게 이끌려 농구팀을 만났고, 그 자리에서 비니 몇 장을 주문받았다. 드레이크의 여자 친구도 만났다. 젠은 자기 육상팀 동료들과 함께 와서는 손목 보호대를 떠 줄 수 있냐고 물었다. 방과 후에 시합이 있는지 모두 유니폼 차림이었다.

"참, 이비한테 얘기 많이 들었어."

나는 혹시 젠이 사진에 대해 알고 있나 싶었다.

"그런데 너랑 뭐 하고 노는지는 말 안 해 주더라."

젠은 길고 검은 머리를 높이 올려 묶었다.

내가 두리번거리자 젠이 마음을 읽은 것 같았다.

"이비는 점심때 웬만하면 야외는 피해."

젠이 턱짓으로 가리킨 테이블에는 조던 무리가 치어리더들과 시시덕대고 있었다. 아무튼, 그렇게 점심시간 내내 운동부 애들이 하나둘 다가와 뜨개 제품을 주문했다.

"할머니 물건 인기가 이렇게 많을 줄은 몰랐어. 아니, 비니 같은 건 그렇다 치는데, 조카 선물로 아기 모자 주문한 애도 있었잖아."

드레이크가 말했다.

"사람들은 핸드메이드 제품을 좋아하거든."

나는 피식 웃으며 말했다.

그때 묘한 일이 생겼다. 조던이 다가와 주문을 한 것이다.

따지고 보면 내가 조던과 같은 학교에 다니는 것부터가 이상하다. 그렇게 잘생긴 부잣집 애가 나와 한 공간에 있는 게 이질감이 든달까. 우리가 같은 학교에 다닌다는 말의 뜻은 가끔 동선이 겹친다는 의미다. 같은 행성에 산다는 말과 크게 다를 바 없다. 명심할 점은 똑같은 종이 아니라는 것이다. 큰 체구, 서퍼처럼 자연스럽게 흐트러진 갈색 머리, 푸른 눈. 기본적으로 조던은 잘나가는 인기남의 표본이다. 그리고 수구팀 소속이다. 운동부 애들이 보통 사탕이나 쿠키를 팔아 단체복을 맞춘다면 조던은 그냥 돈 주고 사는 애다.

"너 뜨개질한다며? 나도 우리 팀을 위해 뭔가 맞추고 싶은데. 다음 주까지 하늘색 비니 열두 장만 떠 줄 수 있어? 팬

찮지?"

"그건 너무 많─."

내가 말을 마치기도 전에 녀석은 영화 속 한 장면처럼 주머니에서 지폐 다발을 꺼내 내 손에 쥐여 줬다.

"빠듯한 거 알지만 부탁할게. 진짜 고마워!"

조던은 아주 자연스럽게 내 등을 두드렸다. 장차 대학교 사교 클럽에서 자기만큼 부유하고 매력적인 백인 남자들과 어떻게 서열을 정리할지 일찌감치 몸에 익힌 듯한 태도였다.

녀석이 준 돈은 내가 정한 가격의 세 배나 됐다. 녀석은 내 대답을 듣지도 않고 자기를 떠받드는 무리에게 돌아갔고, 한 치어리더가 그 옆에 딱 붙어 앉았다. 젠은 의미심장한 표정으로 그 모든 상황을 지켜봤다.

조던은 묘하게 기분 나쁜 놈이었다. 입에서 나온 말은 모두 그럴싸했다. 부탁할게, 고마워, 눈웃음. 표면적으로는 완벽했지만, 뒷맛이 썼다. 눈 뜨고 코 베인 느낌이랄까.

드레이크에게 찝찝한 느낌을 설명했다.

"원래 교묘하게 자기 뜻대로 하는 놈이야."

"어떻게 하길래?"

나는 이비와 사진에 담긴 무언의 메시지들을 떠올렸다.

드레이크가 잠시 뜸을 들였다.

"증명할 수 있는 건 없어. 내가 말했듯이 아주 교묘하거든. 거의 완벽하지. 거의. 정말 완벽하면 오히려 더 수상하니까. 예전에 이비한테 걔랑 사귀기 전에 조심하라고 말했는데 그땐 인기에 눈이 멀어서 내 말을 안 듣더라고. 지금은 후회하는 것 같지만."

드레이크는 테이블에 걸터앉아 의자에 거대한 발을 올렸다.

"너도 인기 많잖아."

내가 불쑥 말하자 젠은 눈알을 굴렸고 드레이크는 웃음을 터뜨렸다.

"아니. 난 그냥 나대는 거고. 인기는 아무나 누리는 게 아니야. 그건……."

드레이크가 적절한 말을 찾아 헤매자 젠이 끼어들었다.

"다들 나를 알고, 좋게 보는 거지. 주변에서 다들 그렇게 말하니까. 그건 권력이야. 이비는 그 맛을 들였던 거고."

근처에서 조던 무리가 웃음을 터뜨리자 젠은 눈살을 찌푸렸다.

내가 매트에 배를 붙이고 그 일을 떠올리는 사이 애나벨이 세 번째로 활 자세를 교정해 줬다. 남의 손을 빌려 내 발가락을 잡는 건 낯선 경험이지만 내 몸이 얼마나 뻣뻣한지 다시금 깨닫는 계기가 됐다. 자세가 잡히자 나는 몸을 앞뒤로 흔들어 허리에서 나는 우두둑 소리를 들으면서 인기에 대해 생각했다.

인기는 사람들의 관심을 뜻하니까 한 번도 원해 본 적 없다. 나는 사람들을 꺼리니까. 적어도, 꺼렸으니까.

그런데 점심시간에 드레이크와 젠과 함께 있을 때는 아무렇지 않았다. 그래, 그때 잠깐 누린 관심은 내가 아니라 내 뜨개 제품에 쏠린 것이었다. 하지만 사람들에게 둘러싸인 상황이 전혀 불편하지 않았다. 마치 강의 일부가 된 것처럼 물살 따라 흘러가는 느낌이랄까. 남들한테 휩쓸려서가 아니라 남들과 연결되어서. 놀랄 만큼 평온했다.

다만 하루 종일 이비가 안 보여서 궁금했다. 체육관 카운터에도 없었다. 그래도 나는 볼 때마다 불어나는 잡지 더미 위에 코바늘로 뜬 제비꽃을 떨궜다.

내 작은 선물을 본 이비의 반응이 기대됐다.

문자는 한참 뒤에 왔다.

> 왜 자꾸 꽃을 남기고 가?

> 그냥 친절을 베풀려고.

> 그러니까 왜?

> 글쎄. 친절이 사람을 변화시키나 궁금해서. 넌 딱히 착하지도 않고 꽃을 받을 자격도 없거든.

전송을 눌렀고, 후회는 없었다. 직접 말하는 것보다 문

자로 말하는 게 더 솔직해지기 쉽다. 마주 볼 눈도, 어색한
침묵도 없으니까. 그저 전송을 누르고 뭣하면 발신이 실패한
척하면 된다. 하지만 잠시 후 이비의 답장이 왔다. 메시지가
잘 도착했다는 뜻이었다.

> 그럼 앞으로는 받을 자격 있는 것만 주지 그래.

> 너한텐 아예 불가능할 듯.

> 난 널 믿어.

나는 잠시 앉아서 문자를 보았다. 그러고 나서 갈색 실
을 꺼냈다.

나마스떼,
레오

13

오늘의 자세: 업독 자세

척추와 상체, 팔의 근력을 키워 주는 후굴 자세(허리를 뒤로 젖히는 자세: 옮긴이)다.

바닥에 엎드린 채 두 손으로 가슴 옆을 짚고, 손바닥으로 바닥을 밀어내듯이 상체를 위로 들어 올린다.

이름과 딱 어울리는 자세 중 하나다. 뒷모습을 보면 정말 기지개를 켜는 개처럼 보인다. 혹시 엉덩이를 바닥에 대고 질질 끌어야 하는 자세도 있다면, 난 미리 기권하겠다.

~~~

어제 드레이크가 요가 수업 전에 우리 집에 왔다. 아빠가 집에 없어서 녀석은 내가 옷 갈아입는 동안 냉장고를 마음대로 뒤졌다. 주방에서 무슨 소리가 들리긴 했지만 방에서 나와 바닥에 있는 쓰레기 봉지를 보고 나서야 녀석이 무슨 짓을 했는지 알았다.

드레이크는 핸드폰에 뭔가를 입력하고 있었다. 곧바로 내 핸드폰이 울렸다.

> 그놈의 즉석 부리토가 또 한 번 내 눈에 띄면 네 뜨개실 다 태워 버릴 거야. 내일 점심때 먹을 샐러드 냉장고에 넣어 놨어. 늘 먹던 쓰레기가 아니라 네 위장이 놀랄지도 모르겠다. 천만에.

> 참고로 방부제로 버무린 것들만 버리고 저칼로리 냉동식품은 남겨 놨어. 그래도 이제 그런 쓰레기들은 사지 마라.

나는 다섯 걸음 떨어진 곳에서 문자를 보내는 짓을 굳이 말리지 않았다.

드레이크는 오늘의 동기 부여 문자까지 보냈다.

> 쇠똥구리는 자기 식구를 먹여 살리려고 뙤약볕에 똥 덩어리가 마르기 전에 은신처까지 굴려야 해.

다음에 또 내 케일 스무디를 비판하고
싶으면 아빠가 집에 오길 기다리는 새끼
쇠똥구리들을 생각해.

그리고 절대 포기하지 마.

포기하고 싶어도 못 한다.

이미 시도해 봤다.

요가 수업 때 모두 맡은 역할이 있다. 내 역할은 아무것
도 하지 않는 것이다.

캐롤 할머니는 지구상에서 가장 균형 잡힌 사람이다. 다
마리스는 꼭 억지로 화를 다스리는 사람처럼 심각한 표정으
로 요가를 한다. 내년에 각각 다른 대학에 진학하는 티파니,
브리, 캐서린은 가을에 헤어지면 그리울 거라며 교대로 우
는소리를 한다. 스테파니는 수업 끝자락에 다 함께 '옴(다르
마 계통의 종교에서 신성시되는 주문: 옮긴이)'을 욀 때마다 가
장 먼저 "오움~~~" 하고 외치는데, 그 외에는 한마디도 안
한다. 애나벨은 가젤처럼 우아하게 수업을 이끌지만, 마치는
즉시 표정을 지운다. 시끄럽고 정신없는 곳에 가기 전 고요
함을 최대치로 충전하듯이.

나는 정말이지 아무것도 안 하는 것 같다. 해야 할 일을
제대로 못 하는 사람은 나뿐이니까.

니콜과 타라는 모든 자세를 완벽하게 소화한다. 그러면

서도 으스대지 않고 틈틈이 나를 도와주려고 애쓴다. 지난 시간에 니콜이 내 손 위치, 타라가 내 발 위치를 조정해 줘서 빈야사(호흡의 리듬을 따라 기운을 놓치지 않고 자연스럽게 자세를 연결하는 수련법: 옮긴이) 연결 동작이 한결 매끄러워졌다. 아마 애나벨이 모두에게 한 번씩 날 봐 주라고 부탁했을지도 모른다. 한 명이 계속 뒤처지면 강사도 진이 빠질 테니까.

티파니, 브리, 캐서린은 요즘 나한테 물구나무서기를 가르쳐 주느라 열심이다. 하마터면 몇 번 목이 꺾일 뻔했지만. 티파니는 고개를 어떻게 가누는지 알려 주고, 브리는 거꾸로 선 자세를 유지하도록 허리를 잡아 준다. 그리고 캐서린은…… 내가 실수로 그만 이마를 걷어차고 말았다. 해변에서 치어리더 졸업 사진을 찍을 예정인데 과연 멍 자국이 티가 날지 토론이 벌어지는 동안 나는 가벼운 공황을 겪기도 했다. 당연히 그 뒤로 캐서린은 날 도와주길 꺼린다.

그리고 다마리스. 가장 심각한 표정으로 수업에 임하는 사람이지만 아마 집중해서 그런 것 같다. 요가를 필수 운동으로 여기는 듯하다. 약을 챙겨 먹듯이 결코 가볍게 넘길 수 없는 일. 그리고 내 자세를 교정해 줄 때 절대로 손을 대지 않는다. 그저 어디가 잘못되었는지 조곤조곤 알려 주고 나서 내가 제대로 할 때까지 기다린다.

어제 요가 수업을 마친 뒤에 이비의 문자를 받았다.

> 오늘 밤 아홉 시. 집 앞으로 갈게.

부연 설명도 없고 뭘 챙겨 오란 말도 없어서 당황스러 웠다.

그런데 10분 뒤에 드레이크의 문자가 왔다.

> 이따 보겠네. 너무 기겁하지 마.
> 너도 사람인 거 알지?

의외로 마음이 한결 놓였지만, 여전히 혼란스러웠다. 혹시 이비가 드레이크와 젠한테 우리가 무슨 일을 하는지 말해서 이제 다 같이 하기로 한 건가?

이비는 역시 종잡을 수 없었다. 나는 아직 다음 촬영을 위해 뭘 준비하란 말도 못 들은 상태였다. 다행이라면 다행이었다. 내 이름도 모르던 학교 애들에게 받은 주문이 넘쳐 났으니까. 썩 나쁘진 않은데, 확실히 이상했다.

밤에 나갔다 온다고 하니 아빠는 별말 없이 허락했다. 냉장고에는 드레이크가 최근 점검을 거쳐 남기고 간 필수 영양소들이 그대로였다. 채소, 샐러드, 샌드위치용 슬라이스 햄 등. 냉장고가 평범해지려다가 처참하게 실패한 것 같았다. 나는 물통을 채우고 냉장고 문을 닫았다.

조리대에는 아빠가 시도하려다 단념한 듯한 쌀밥이 놓

여 있었다. 아빠는 어설프게 정통을 흉내 낸 그리스 음식점에서 사 온 음식들을 먹었다. 나는 차지키(요거트에 채소를 넣어 만든 그리스 전통 소스: 옮긴이)를 곁들인 납작한 빵과 케밥을 먹었다. 우리는 평소처럼 말 한마디 없이 같은 공간에서 같은 음식을 먹었다. 나는 음식물 부스러기를 치우기 귀찮아서 싱크대에 서서 먹고 아빠는 텔레비전 앞 안락의자에 앉아 무릎에 흘려 가며 먹었다.

나는 이미 주말에 조던이 주문한 비니 열두 장을 끝냈다. 월요일에 건넸더니 조던은 약간 감탄한 표정으로 칭찬했다. 하지만 딱한 뜨개질꾼을 은근히 깔보는 기색도 있었다. 왜 다들 뜨개질을 딱하게 보는 걸까? 아니면 혼자 있는 게 딱해 보이나?

혼자 있는 것은 외로운 것과 다르다.

외로움은 괴롭지만 혼자는 자유롭다. 사람들 틈에서도 외로울 수 있듯이 혼자서도 충만할 수 있다. 속옷 바람으로 시리얼을 먹거나 내가 내킬 때 자리를 뜰 수 있다. 누군가를 위해 아이스크림을 남겨 둘 필요도 없다.

우스운 사실이 하나 있다. 할머니가 떠난 뒤로 우리 집 냉동고에는 스니커즈 아이스크림이 하나 남아 있다. 아빠도 나도 그걸 좋아하는데 둘 다 손을 대지 않는다. 있는 걸 모르나 싶었는데 언젠가 아빠가 그걸 꺼냈다가 도로 넣는 걸 목격했다. 아빠도 나처럼 마지막으로 남은 걸 먹고 싶지 않은 모양이었다.

어제 호신술을 알려 주던 드레이크에게 그 얘기를 했더니 충격받은 얼굴이었다.

"둘 다 좋아하는 아이스크림이 냉동실에 있는데, 한 박스를 더 안 사고 그냥 쳐다만 보고 있다는 말이야?"

대화가 문제라는 점을 드레이크 같은 녀석에게 설명하기는 어렵다. 드레이크는 자기가 무슨 생각을 하는지 옆 사람이 모르게끔 내버려 두지 않으니까. 그게 녀석의 본능이고, 대개 지나치게 불필요한 정보로 이어진다. 똥이 마렵다든지, 속옷 밴드가 너무 꽉 낀다든지, 데오드란트를 깜빡했다든지. 마지막 정보는 굳이 안 들어도 냄새로 알 수 있다. 그리고 녀석은 수학 성적 푸념을 자주 한다.

"수학 천재랑 사귀는 건 괴로워. 만약 미적분학이 남자였다면 질투가 났을 거야. 사실 이미 약간 그래. 젠은 무슨 강아지를 보는 것처럼 수학책을 본다니까."

나는 뻔한 질문을 했다.

"네 천재 여자 친구한테 과외를 받지 그래?"

"그건 좀 복잡해."

"뭐가?"

"같이 있으면 집중이 안 돼. 그래서 내가 과외 선생을 찾겠다니까 길길이 날뛰는 거야. 마치 내가 수학이랑 바람이라도 난 것처럼. 난 아직도 우리가 왜 싸웠는지 모르겠어."

"화상 채팅을 하면 어때?"

드레이크가 눈썹을 치켜올리자 나는 재빨리 덧붙였다.

"얼굴 말고 문제를 보여 주는 거야. 그럼 젠이 가르쳐 줄 테고, 넌 설명만 들으면 되잖아."

드레이크는 잠시 생각에 잠겼다.

"내 아이디어라고 얘기해도 돼?"

"그러든지."

나는 가방에서 캔 콜라를 꺼내며 말했다.

"고맙다, 짜식. 진짜로."

그러더니 드레이크는 내 콜라를 낚아채 쓰레기통에 던져 넣었다.

"독극물 좀 가려 마셔라. 한 대 치고 싶으면 쳐. 그러는 김에 어퍼컷 좀 고쳐 보자. 안 그래도 엉망이니까."

드레이크는 생수병을 건네주었고, 나는 멍하니 쓰레기통을 바라보다가 어퍼컷을 연습하기 위해 일어났다. 그렇다. 나는 녀석을 한 대 치고 싶었다.

일대일 훈련을 마치고 요가 수업에 다녀왔다. 밤 아홉 시, 이비는 차 시동을 건 채 우리 집 앞 도로변에서 날 기다리고 있었다.

"어디 가는데?"

내가 물었다.

이비는 대답하지 않았다. 굵게 말아 내린 머리카락이 눈에 떠었다. 그런데 아랫입술을 문 채 날 훑어보는 눈길이 마치 내가 죽은 동물을 안고 차에 타려 한다는 듯 못마땅했다. 나는 흰 티셔츠와 청바지를 입고 있었다. 그렇게 불쾌한 차림새는 아니었다. 적어도 그렇게 생각하며 조수석 손잡이로 손을 뻗었다. 이비는 고개를 저었다.

"뒷좌석에서 이걸로 갈아입어."

이비는 옷 꾸러미를 건넸다.

"날 갈아입혀야 할 걸 미리 알았나 봐?"

"안 봐도 뻔하니까."

"말이 좀 심한데. 티셔츠랑 청바지가 뭐가 어때서?"

"핏이 중요하지. 넌 항상 너무 헐렁하게 입어. 그냥 주는 대로 좀 입어 줄래?"

이비가 준 옷은 촉감 좋은 푸른색 티셔츠와 짙은 청바지였다. 뒷좌석에 오르니 또 다른 잡지 더미가 보였다. 이번에는 군데군데 A4 용지가 껴 있었다.

"촬영하는데 내가 왜 옷을 갈아입어야 돼?"

나는 잡지를 보며 물었다.

"오늘 밤엔 안 찍어."

이 모호한 화법에 익숙해질 때도 된 것 같은데, 이제껏 이비가 날 사진 찍는 도구로만 여긴다고 생각해서였는지 나는 또다시 혼란에 빠졌다.

"안 찍는다고?"

"어. 우린 파티에 갈 거야."

순간 위가 꽉 조여들었지만, 적어도 아빠에게 거짓말할 걱정은 덜었다.

공감 능력이 없는 아빠를 둬서 꼭 나쁘기만 한 건 아니다. 친근한 대화, 따듯한 수용, 뭉클한 애정이 없는 대신 아빠는 사생활을 파고들지 않는다. 귀가 시간이 늦어도 딱히 추궁하지 않는다. 사실 한 번도 늦은 적 없지만, 아빠 반응은 안 봐도 뻔하기에 일단 그 점에서는 자유롭다.

하지만 파티는 고역이다. 고역이 아니었던 적은 단 한 번도 없다. 애처롭게 들릴지 몰라도, 나는 다른 활동을 즐겼을 뿐이다. 파티는 너무…… 사람투성이니까. 그리고 사람들은 대개 밥맛이다.

"파티는 왜?"

"그게 중요해? 너 뭐 다른 할 일 있어?"

"그냥 파티가 싫을 수도 있잖아."

마지막으로 간 파티에서 나는 케이크 두 조각을 먹고 피냐타(주로 아이들 생일 파티에서 사용되는 종이 인형. 속에 사탕이나 장난감이 들어 있다: 옮긴이)를 터뜨리다가 공기로 채워진 대형 놀이 기구에서 토했다. 그다음부터 파티는 사절이었다.

할머니라면 이렇게 말했을 것이다. 파티가 널 잡아먹지는 않는다, 아가피 무. 틀린 말은 아니지만, 그래도.

"저기, 난 파티가 좀 불편하거든. 그런 데 가면 왠지……."

나는 말을 잇지 못했다. 그런데 의외로 이비의 표정이 약간 누그러졌다.

"우린 그냥 얼굴만 비추고 올 거야."

내 의사와 상관없이 갈 거란 말을 좋게 포장한 것 같았다.

"일단 딴 데 좀 보고 있을래?"

내 말에 이비는 피식 웃으며 룸 미러에서 시선을 돌렸다. 꾸물꾸물 갈아입은 청바지는 엉덩이를 편안하게 감쌌다.

"작을 줄 알았는데."

"딱 맞을 거야. 소재도 보드랍지. 아마 마음에 들걸."

정말 딱 맞고, 보드랍고, 마음에 들었다. 이비가 날 간파하고 속으로 웃는 게 느껴져서 짜증이 났다.

"빨리 가게 서둘러."

"이 옷들은 어디서 난 거야?"

"옷 가게. 다 입었으면 이제 앞에 타."

나는 뒷좌석에서 빠져나와 조수석 문을 열었다. 순간 이비가 입은 옷을 보고 멈칫했다. 목걸이가 가슴골에 파묻힌 게 보일 만큼 깊이 파인 브이넥 원피스였다. 나는 좌석에 오르면서 한 박자 늦게 눈을 돌렸다. 그야 나도 남자니까.

내가 멍청한 말을 하기 전에 이비는 몸을 기울여 손가락으로 내 머리칼을 쓱쓱 쓸어 넘기고 옷매무새를 바로잡아

주었다(냄새로 보아 새 옷이었다).

이비의 손가락이 닿은 곳마다 화끈거렸다. 이비가 다시 운전석으로 몸을 돌릴 때 나는 애써 눈을 피했지만, 속으로는 방금 얼마나 가까웠는지 되새겼다. 같이 조던네 덤불 속에 있었을 때처럼.

"좋아. 가자."

이비는 만족스럽게 말하고 차를 출발시켜 큰길로 나섰다.

10분여 만에 도착한 곳은 저택이었다. 누구 집인지는 모르지만. 널찍한 앞마당에는 선인장으로 둘러싸인 커다란 분수가 있었다. 대문을 오가는 사람은 끊이지 않았으나 앞마당은 이상하게 조용했다.

"별로 큰 파티는 아닌가 봐."

나는 기대감을 품고 말했다.

"안에 들어가면 더 넓어."

"타디스(유명한 영국 드라마 시리즈 〈닥터 후〉에 등장하는 차원 초월 시공 이동 장치. 내부는 외부에서 보이는 것보다 큰 공간으로 묘사된다: 옮긴이)처럼?"

"뭐?"

"아니야."

이비는 시동을 끄고 날 돌아보며 내 매무새를 다시 한번 점검했다.

"좋아."

또 한 번 만족스러운 평가가 내려졌다.

"들어가자."

불현듯 공포감이 엄습했다. 창자가 꼬여 무수한 매듭을
짓는 것 같았다. 하지만 그 순간 아빠가 날 사나이로 만들기
위해 그리스에 보낸 사촌들과 합숙 훈련을 시키겠다고 위협
했던 기억이 떠올랐다.

나는 카메라를 움켜쥐고 가죽끈을 목에 걸었다.

"그건 차에 두고 가."

"그렇게는 못 해."

나는 내심 이비가 어떻게 나올지 궁금했다. 이비는 날
가만히 바라보다가 내 목에서 가죽끈을 빼내 한쪽 어깨에
걸쳐 주었다.

"됐어. 이제 규칙을 말해 줄게."

"규칙?"

"어. 우린 여기 오래 안 있을 거야. 아까 말했듯이 얼굴
만 내밀 거라고. 튀는 행동은 하지 마. 말도 꼭 필요할 때만
가려서 하고."

"왜, 내가 널 쪽팔리게 할까 봐?"

내가 쏘아붙였다.

"나도 가능하면 빨리 나오고 싶으니까. 갈 거야, 말 거
야?"

"알았어."

여기가 누구 집인지, 그렇게 금방 떠날 거면 왜 왔는지 물어볼까 고민했지만, 나야말로 빨리 떠나고 싶어서 그냥 입을 다물었다.

이비를 따라 현관으로 가니 빨간 컵을 든 여자 세 명이 호들갑스럽게 맞이했다. 이비는 적당히 대하면서도 걸음을 늦추지 않았다.

"날 소개할 생각은 없나 봐?"

"딱 봐도 취했잖아. 어차피 기억도 못 할 거야."

안이 더 넓을 거라던 이비 말이 맞았다. 실내가 탁 트여서 수영장이 딸린 뒷마당으로 이어졌다. 사람들은 삼삼오오 서 있거나 거실 사방에 놓인 소파에 앉아 있었다. 수영장에는 황금 백조 튜브를 타는 무리도 있었다. 운치 있는 저택이 놀이터로 변해 가고 있었다.

이비가 가까이 오더니 속삭였다.

"조던 친구네야. 부모님은 집을 비웠고."

"그럼 조던도 오겠네?"

대답은 돌아오지 않았다.

커플들은 거의 부둥켜안고 있었다. 보아하니 다른 방 소파까지 아래층에 끌어다 놓은 모양이었다. 테이블은 빈 병으로 가득했고 카펫은 과자 부스러기투성이였다. 너나 할 것 없이 모두 빨간 컵을 들고 있었다. 알코올 냄새가 진동해서 속이 울렁거렸다.

이비는 나를 소파 빈자리로 이끌었다. 딱 한 자리뿐이어서 팔걸이에 걸터앉았다. 그나마 자연스러운 자리였다. 다만 카메라를 메고 있으니 철새 사진가가 된 것 같았다. 아니면 엄청 어설픈 경호원이나.

"안녕, 레오."

젠이었다. 매번 갑자기 등장하는 것 같았다. 젠은 나를 위아래로 훑어보더니 작은 가죽 가방을 가리키며 물었다.

"카메라?"

이비가 젠에게 경고의 눈길을 보냈지만 젠은 그저 싱긋 웃었다. 그때 미국사 수업에서 본 여자애들이 이비를 보고 다가와 손을 잡아끌었다.

이비가 입 모양으로 "곧 올게"라고 말한 뒤 인파 속으로 사라졌다. 나는 젠과 50명쯤 되는 사람들과 함께 남겨졌다.

"너 오늘 좀 근사하다?"

젠이 말했다.

나는 웃음을 터뜨렸다.

"드레이크가 들으면 난리 칠 텐데."

"괜찮아. 단순한 애라서 더 멋지다고 말해 주면 돼."

근사하다는 말은 처음이었지만 털털한 젠의 태도에 긴장이 풀렸다. 젠도 빨간 컵을 들고 있었는데 그냥 들고만 있을 뿐 취한 기색은 없었다. 괜찮은 방법 같았다. 나도 바닥에

굴러다니는 컵을 하나 집어 들고 있었더니 실제로 덜 어색
했다.

"이비가 괜히 널 데려온 게 아니라니까."

내가 멋쩍게 웃자 젠이 덧붙였다.

"빈말하는 거 아니야. 너도 빠지는 거 없잖아. 신비로운
검정 눈동자, 적당히 큰 키. 무엇보다 얼간이가 아니니까."

뭐라고 대꾸해야 할지 몰라 이렇게 물었다.

"내가 얼간이가 아니란 걸 어떻게 알아?"

"척 보면 알지."

내가 이비에게 파티에 데리고 다닐 만한 파트너일 리는
없지만, 유리 테이블에 비친 내 모습이 조금 달라 보이긴 했
다. 근사하다고 할 순 없어도 나쁘지 않았다.

주위를 둘러보다 보니 절로 인상이 찌푸려졌다.

"이런 분위기 안 좋아하는구나?"

젠이 물었다.

"그냥 나랑 별로 안 맞아."

"그럼 왜 왔어?"

"이비가 부탁해서"라고 말하려고 했지만 사실이 아니었
다. 이비가 따라오라고 해서 얼떨결에 따라왔을 뿐이다. 그
래서 그냥 어깨를 으쓱했다.

"이비랑 나는 어릴 때부터 친구야. 자매나 다름없는 사
이지만 난 걔가 요즘 무슨 생각을 하는지 모르겠어."

나는 고개를 기울여 젠의 말을 경청했다.

"파티에 혼자 올 애는 아니지만 그렇다고 아무나 데려올 애도 아니거든. 그나저나 그 카메라 좀 만져 봐도 돼?"

나는 망설였다.

"조심히 다룰게."

젠이 약속했다. 내가 카메라를 건네자 젠은 뷰파인더에 눈을 대고 셔터를 마구 누르기 시작했다.

"와, 나 핸드폰 말고 진짜 카메라는 처음 써 봐."

신이시여.

그때 이비가 지친 표정으로 주방 문을 통해 돌아왔다.

"둘이 무슨 얘기 했어?"

이비가 물었다.

"별말 안 했어. 스마일!"

젠은 대뜸 카메라를 우리 둘에게 들이밀었다. 이비가 얼굴을 가리려고 손을 들었을 때, 나도 모르게 그 손을 살며시 잡아 내리고 그리스어로 속삭였다.

"나랑 사진 찍히는 게 그렇게 끔찍해?"

그 순간 이비는 허를 찔린 듯했다. 너무 가까워서였을까? 내가 몸을 숙여 다가갔을 때 거의 코가 맞닿을 만큼 가까웠다. 이비가 눈을 치켜뜨며 씩 웃는 순간, 젠이 셔터를 눌렀다. 나는 찰칵 소리와 이비의 반응에 살짝 당황해서 손을 놓았다. 젠은 흥미롭다는 눈길로 우리를 보다가 카메라를 돌려주었다.

그때 드레이크의 농구팀 동료들이 거실에 나타나자 분위기가 한층 소란스러워졌다. 누군가 음악 볼륨을 끝까지 올렸고 애들이 소리를 지르기 시작했다. 흩어져 있던 사람들이 속속 거실로 몰려들었다. 이비와 젠은 심드렁한 표정으로 소파에 등을 기댄 채 그 광경을 지켜봤다. 나는 갑자기 속이 불편해져서 화장실 좀 다녀오겠다고 했다.

나는 소음에 약하다. 불안 증세 없이 상태가 괜찮은 날에도 예상치 못한 소음에 무너질 때가 있다. 시끄러운 음악이나 고성은 물론이고 간혹 땅을 울리는 발소리, 주방에서 나는 달그락 소리도 나한테는 뇌를 강판에 대고 가는 것 같다.

어릴 때는 조용한 곳만 찾아다녔다. 사촌들은 가족 모임 때마다 내가 왜 그렇게까지 예민하게 구는지, 특히 드미트리가 소리를 지를 때마다 왜 움찔하는지 이해하지 못했다. 참고로 우리 집안 사람들은 모두 성량 조절이 안 된다.

그런 내가 파티 한복판에 있었다. 파티에서 토를 쏟는 새 흑역사가 만들어질 참이었다.

아니, 그럴 순 없어.

하지만 느낌이 왔다. 배 속에서 파도치듯 울렁거리는 느낌이 등골을 오싹하게 했다. 곧 크라켄(신화 속 거대한 바다 괴물: 옮긴이)이 뛰쳐나올 거라는 신호였다. 황급히 화장실을 찾는데 신물이 목구멍까지 왈칵 솟구쳤다.

사방이 사람들로 막혀 있었다.

밖으로 나가야 해.

하지만 수영장으로 이어지는 활짝 열린 통창조차 사람들로 붐볐다. 나는 손으로 입을 막고서 흐느적거리는 사람들을 헤치며 나아갔다. 조금만 더 가면 공기와 고요와 자유가 기다리고 있을 것 같았는데, 또다시 딱 붙어 있는 커플에 가로막혔다.

마침내 나는 주방 문을 통해 뒷마당으로 빠져나가 주변 나무에 요란하게 토를 뿜었다. 황금 백조에 올라타 치고받으며 놀던 남자애들이 나를 지켜보고 있었다.

"이봐!"

백조 라이더 중 하나가 외쳤다.

"우리 엄마가 키우는 제라늄에 거름 주는 거야?"

또 다른 라이더가 깔깔 웃었다.

그때 누가 내 어깨에 손을 얹었다. 익숙한 목소리가 귀를 파고들었다.

"워어, 야, 얼마나 마신 거야?"

드레이크였다.

"안 마셨어. 음악 소리가 너무 커서 그래."

나는 어지러움을 느끼며 말했다.

엣시를 설명할 때와 달리 드레이크는 단번에 알아들었다.

"이런 장소는 공황장애가 오기 딱 좋지. 다들 네가 취한 줄 알 테니까."

드레이크는 내 귀에 대고 외쳤다.

나는 살짝 휘청거렸다.

"완벽해. 그렇게 하라고."

드레이크 말이 맞았다. 이런 장소라 다행이었다. 불안증보다 알코올을 탓할 수 있는 환경이라서. 그러나 그건 그거대로 기묘했다. 저절로 반응하는 뇌보다 선택해서 마신 액체를 탓하는 게 사회적으로 더 용인되는 일이라니.

"이비랑 같이 왔지?"

드레이크가 날 집 안으로 이끌며 큰 소리로 외쳤다.

다시 입을 열어도 좋을지 확신이 안 갔다. 여전히 소파에 앉아 있는 이비가 눈에 들어왔다.

"좀 괜찮아? 자, 이거 들어."

드레이크는 나한테 반쯤 찬 빨간 컵을 건넸다.

"사양할게. 냄새만 맡아도 어지러워."

"토한 입에서 나는 냄새보다 나을걸. 그냥 헹구고 뱉어."

나는 잠시 머뭇거리다가 독한 액체를 한 모금 머금고 옆에 있는 화분에 확 뱉었다.

"좋아. 이따 보자."

드레이크는 내 등을 두드리며 젠에게 손짓했다.

"가자."

이비가 다가와 내 팔을 잡았다.

"벌써 가게?"

젠이 물었다. 이비가 젠에게 의미심장한 눈빛을 보내자 젠은 안쪽 방을 턱짓으로 가리켰다.

"네가 갈 필요는 없어."

"얼굴만 비추려고 했어."

"그거 가지고 되겠어?"

젠과 이비가 실랑이하는 사이, 시야 한구석에 어떤 남자가 여자 손을 잡고 방을 나오는 모습이 들어왔다. 누군지 확인하기도 전에 이비가 내 얼굴을 잡더니 입술을 부딪쳐 왔다. 부드럽고 의도적이었다.

나는 내가 방금 독한 액체로 토한 입을 씻어 냈다는 걸 기억하고 있었다. 이비는 그 사실을 아는지 모르는지 입술을 떼지 않았다. 그래서 나도 적극적으로 응했다.

이비가 내 바지 뒷주머니에 손을 집어넣었다. 나는 내가 원하는 줄도 몰랐던 상황에 빠져들었다. 이윽고 밀착했던 몸을 떼어 내며 이비가 웃었다. 그런데 시선 처리가 애매했다. 가만 보니 우리를 알아본 조던을 슬쩍 곁눈질한 것이었다.

가슴이 내려앉았다. 이비가 나를 차려 입힌 이유는 단지 파티에 혼자 나타나기 싫어서가 아니었다.

방금 생애 첫 키스를 했는데, 진짜 키스도 아니었다. 나는 그저 소품이었고, 제 발로 놀아났다.

"가자."

이비가 말했다. 나는 불쾌함을 가까스로 누르고 차로 돌아갔다. 상처받았지만, 왠지 그럴 자격이 없는 것처럼 느껴졌다.

이비는 차 안에서 음악을 틀지 않았다. 다행이었다. 그제야 엉킨 속이 풀리기 시작했으니까. 문제는 내 입도 같이 풀렸다는 것이다.

"계속 체육관에서 날 모른 척할 거야?"

"뭐라고?"

이비가 되물었다. 말투부터 예감이 안 좋았다.

살짝 당황했지만 나는 멈추지 않았다.

"너, 회원 카드 긁으면서 날 쳐다도 안 보잖아."

"그래서?"

"그러니까, 좀 웃을 수도 있잖아."

내 귀에도 억지처럼 들렸다.

"못 할 건 없지. 원하는 건 그게 다야? 웃는 거 말고 더 해 줄 건 없고?"

이비의 말투는 내가 중대한 판단 실수를 했음을 알려 주었다.

"내 말은 그게 아니라—."

"내 행동에 네 의견이 필요했다면 물어봤을 거야."

이비는 그리스어로 말했다.

새삼스럽지만 너무나 유창했다. 이비 부모님이 집에서 쓰는 언어를 자연스럽게 배운 티가 났다. 그만큼 매끄럽게 나온 말에 화가 치밀었다.

"그럼 너도 마음에 없는 키스는 하지 마. 몹쓸 짓이니까."

내가 그리스어로 되받아치자 이비는 눈을 부릅떴다. 차 안은 다시 침묵에 잠겼다.

나는 협박을 받아서 예술적인 무언가를 하는 게 껄끄럽다는 말도, 어쩌면 나도 내심 그런 작업을 하고 싶었는지 모른다는 말도, 그냥 부탁했다면 도와줬을지도 모른다는 말도 하지 않았다. 이제야 이용당한 게 제대로 실감 났으니까. 협박은 둘째 치고 질투 유발용 키스? 그건 새로운 최악이었다.

침묵이 차 안을 물처럼 채워서 곧 익사할 것 같았다. 차가 우리 집 앞에 멈춰 서자마자 나는 뒤도 안 돌아보고 내렸다.

아무리 곱씹어 봐도 도무지 이해할 수 없었다. 드레이크는 이비가 괜찮은 애라고 했다. 젠도 이비가 괜찮은 애라고 했다. 하지만 내가 경험한 바에 따르면 이비 파로스는 복수심에 불타 엉뚱한 사람을 조종하는 악마였다. 파티에 혼자 나타나기 싫어서 날 끌고 갔고, 전 남자 친구가 보는 앞에서 나에게 입 맞췄다. 지저분한 이별 뒤에도 자기가 멀쩡하다는 걸 증명하려고.

방에 돌아와 침대에 몸을 던졌다. 머리맡에는 여전히 별자리 조명등이 있었지만 켤 생각은 없었다. 더 이상 작동을 안 할 것 같기도 했고, 그런 식으로 청승을 떨고 싶지도 않았다.

파티에 가기로 선택한 사람은 나였다. 좋게 거절할 수도 있었는데 이비가 같이 가길 원해서 따라갔다. 내심 들떴던 것도 사실이다.

나는 그때까지도 목에 걸고 있던 카메라를 벗어 침대 구석에 던졌다. 그러다 문득 젠이 찍은 사진이 생각나서 일어나 앉았다. 내 카메라는 디지털카메라인데 셔터를 누를 때 구식 필름 카메라 같은 소리가 난다. 모두가 핸드폰으로 사진 찍는 세상에선 그마저도 색다르지만.

저장된 사진을 불러왔다. 내가 이비한테 나랑 사진 찍는 게 그렇게 끔찍하냐고 물었을 때 찍힌 사진이었다. 손끝을 잡아 내리며 속삭이자 이비의 입꼬리가 올라갔던 순간.

잠시 뒤 가짜 키스를 나누긴 했지만 그 순간만큼은 진짜였다. 이비의 웃음은 진짜였고, 나도 마찬가지였다.

그때 핸드폰에서 진동음이 났다.

레오.

어.

멋대로 키스해서 미안.

개한테 보여 주려고 한 거지?

내가 괜찮다는 걸 증명하고 싶었나 봐.
미련은 없는데 나도 왜 그랬는지 모르
겠다. 비겁한 짓이었어. 미안해.

미련은 없을지 몰라도 애꿎은 사람한테
키스할 만큼 뭘 증명하고 싶다면 넌 괜
찮은 게 아니야.

　　문자를 하면 정말이지 없던 용기가 솟아난다. 사람을 솔
직하게 만들어 주는 멋진 가면이다. 몇 초간 뜸을 들이더니
이비가 답했다.

네 말이 맞아.

그리고 내 패션 감각이 그렇게 꽝은
아니야. 그래도 이 청바지는 인정할게.
내가 봐도 뒤태가 예술이더라.

그건 좀 무리수인데.

나도 후회 중이야.

맙소사.

아무튼, 진짜 미안해. 사과 받아 줄 거지?

뭐, 앞으로 꽃은 못 떠 주겠다.

> 내 생각에도 받을 자격 없어.

나는 그대로 까무룩 잠들었다.

그리고 오늘, 체육관에서 회원 카드를 건네자 이비는 고개를 들어 나를 봤다. 나는 시선을 돌리고 싶었지만, 그러지 않았다.

"안녕."

이비가 카드를 돌려주며 말했다.

나는 이비의 키보드 위에 뭔가를 떨구고 요가실로 향했다.

요가를 마치고 보니 문자가 와 있었다.

> 그렇다고 똥을 떠 줘?

> 네가 받을 자격 있는 걸 주라며.

> 너 문자로는 못 하는 말이 없다?

> 실물은 좀 무섭거든.

> 그렇다고 진짜 똥을 떠 주다니.
> 그게 저주를 푸는 데 도움이 될까?

> 아니. 그래도 네가 웃을 것 같기는 해.

> 맞아.

고마워.

나마스떼,
레오

14

　파티와 키스에 이어 누군가와 문자로 여차여차 화해까지 한 후유증은 하루아침에 가시지 않았다. 특히 그 누군가가 여전히 날 협박하는 상황이라면.

　그나마 오늘은 토요일이고, 세상이 묘하게 평화롭게 느껴졌다.

　그때 핸드폰이 윙 울렸다.

> 오늘 그 거대 브라 가져와.
> 형광 실 전부랑 뜨개 알파벳들도.

> 안녕? 좋은 아침이야.
> 이렇게 말 걸어 줄 순 없을까?

> 넌 나한테 똥을 줬잖아.

손수 정성껏 떠 줬지.

그래, 좋은 아침. 안녕하니?

글쎄. 협박당했고,
혼란스럽고, 허기지는데.

고달픈 인생이네. 오늘 거대 브라랑
뜨개질 잡동사니 다 챙겨 와.

그럼 넌 똥 챙겨 와.

꿈도 꾸지 마.

침대를 벗어나 주방에 들어가니 아빠가 아침을 먹고 있
었다.

"이따 비 온다더라. 나갈 때 우산 챙겨라."

"네."

"저녁에 태워다 주랴?"

"드레이크가 데리러 올 거 같아요."

아빠도 내가 드레이크와 일대일 훈련하는 걸 알고 있을
거다. 아니, 확실히 알고 있다. 내가 말했으니까. 다행히 아
빠는 꼬치꼬치 캐묻지 않았다. 대화 부족은 가끔 편리하다.

집에 한 대뿐인 차를 체육관 앞에 세워 두면 아빠로서
는 꽤나 번거로울 거다. 그런데도 번번이 태워다 주는 이유
는 내가 운전을 못 하기 때문이다. 아니, 할 수 있을지도 모

르지만 굳이 노력하지 않았다. 그 한 번의 운전 연습이 망한 뒤로 재도전은 없었다.

할머니 역시 면허가 없어서 굳이 배우라고 닦달하지 않았다. 할머니는 젊었을 때 그리스에서 주행 연습을 하다가 염소를 치었다고 한다. 작은 흰색 염소를. 그 뒤로 다시는 운전대를 잡지 않았다. 나한테도 강요한 적 없으니 다행이라면 다행이었다.

내 또래들은 운전면허를 필수로 여기지만 나는 성격상 그런 척도 못 했다. 드레이크에게 사실대로 얘기하자 녀석은 황당한 표정 이모티콘을 보냈다. 그래도 물고 늘어지지는 않았다.

> 뭐, 네 손해지. 데리러 갈게.

굳이 안 그래도 되는데.

> 왜, 오늘 뭐 거창한 뜨개질 계획 있냐?

나는 녀석의 밉살스러운 미소를 떠올렸다.

> 혹시 지금 몰래 쓰레기 같은 음식 먹고 있으면 내려놔라. 20분 안에 갈게. 이따가 젠이랑 이비도 체육관으로 온대.

왜?

157

내가 여자 친구한테 너랑 훈련
한다고 말했더니 내 여자 친구가
자기 절친에게 말했거든.
그랬더니 둘 다 그리로 온대.

난 오늘 훈련도 방금 찬성한 것 같은데.

그러니까 빠릿빠릿 따라와.
오늘 넌 인체 모형을 때려눕힐
거야. 조져 버리자고.

그리고 다 같이 퀴노아
샐러드 사 먹자. 완벽하지.

"나갈게요."

아빠한테 외쳤는데, 드레이크가 이미 현관으로 걸어오
고 있었다. 물병 좀 채우겠다는 것이었다.

"나오지 마세요. 얘 잠깐 들어온대요."

드레이크가 서 있으니 현관도 작아 보였다. 녀석의 운동
용 티셔츠에 적힌 '뿌셔뿌셔뿌셔'의 목적어가 뭔지 알고 싶
지 않았다.

아빠는 어색하게 서서 고개를 끄덕였다. 날 체육관에 데
려다주는 일을 드레이크가 대신 할 뿐인데, 아빠는 왠지 길
을 잃은 사람처럼 혼란스러워 보였다.

"이따 봐요."

내 말에 아빠는 다시 안락의자에 털썩 주저앉아 노트북

을 간이 탁자에 올려놓았다.

드레이크는 물병을 채우려고 냉장고를 열었고, 나는 그제야 아빠가 가공 처리한 샌드위치용 고기를 모두 버렸다는 걸 알았다. 그 자리는 정체를 알 수 없는 채소와 딱 봐도 덜 익은 고깃덩어리가 담긴 냄비가 차지하고 있었다.

요리하려고 한 건가? 드레이크는 아무 말 없이 몇 초간 우리의 애처로운 냉장고 안을 바라보았다. 나는 일부러 목을 가다듬고 문 쪽으로 고갯짓했다.

"너희 아빠…… 말은 하지?"

드레이크가 트럭에 올라타면서 물었다. 녀석에게는 트럭마저 작아 보였다.

"안 하고는 못 배길 때만."

"그럼 평소에는 절처럼 조용하겠네?"

드레이크는 오늘따라 눈치가 빨랐다. 그건 이비의 특기인데.

나는 고개를 끄덕였다.

"와. 난 그렇게 못 살아. 변비 걸릴 듯."

나는 웃었다. 틀린 말은 아니었다. 힘껏 밀어내지 않고는 속 얘기가 안 나오니까. 고통스럽다고까지는 할 수 없어도 확실히 더부룩하긴 했다.

아빠는 내게 남은 유일한 부모다.

유일한 동거인이다.

이 나라에 있는 유일한 가족이다.

그런데 아무것도 터놓고 얘기할 수 없다.

드레이크는 라디오를 틀고 소리를 한껏 키웠다. 나는 심박수가 치솟아서 손을 뻗어 음량을 낮췄다. 드레이크는 투덜거리면서도 그냥 내버려 두었다.

"난 처음부터 새아빠랑 허심탄회하게 얘기했어. 다 까놓고. 새아빠는 다 받아들일 수 있다고 했어. 내 성적, 태도, 뭐든. 거짓말만 하지 말라더라. 그 말대로 했지. 사실 그래서 별별 말이 다 오가지만, 적어도 우린 대화를 해."

"우리 아빠는 원래 말이 별로 없어."

트럭 바퀴가 급커브를 돌며 돌을 건드리자 엉덩이에 잔뜩 힘이 들어갔다.

"그건 부전자전이네. 대화 좀 하자고 해. 게다가, 냉장고 안은 왜 그 모양이야? 그리스 사람들은 밥을 안 먹고 살아?"

우리 집 냉장고는 확실히 과도기를 겪고 있다. 발전이라고 할 순 없지만. 우유, 요구르트, 토스트, 버터는 늘 있고, 할머니 장례식 후 교회 사람들이 가져온 냉동 보관 식품을 먹어 치운 뒤 간혹 아빠가 채소를 사 넣곤 했다. 아빠도 나도 요리는 시늉도 안 하니 날로 먹을 수 있는 것 위주로. 최근에는 채소가 꽤 주기적으로 등장하는데 무슨 용도인지 나로선 알 길이 없다. 아빠가 먹고 싶어서? 아니면 이 집에 사람이 산다는 걸 보여 주려고? 우리 신세가 덜 비참해 보이게?

하여간 이상하다. 할머니가 채우던 공간에 들어앉은 낯선 음식들 말이다. 만약 할머니 망령이 우릴 괴롭힌다면 아마도 음식 때문일 거다. 할머니는 아빠가 사 온 전자레인지용 냉동식품들을 본다면 기함할 게 분명하다. 마치 화석이나 누군가의 초음파 사진을 관찰하듯이 이건 대체 뭐냐고 묻겠지. 우리가 음식이라고 대답하면 눈을 희번덕거리며 이렇게 중얼거릴 것이다.

아니, 아가피 무. 이런 건 음식이 아니다. 내가 알기로는 전혀 아니야.

할머니가 옳다. 나도 지난 1년간 내 몸에 욱여넣은 가공식품이 DNA를 돌이킬 수 없게 변화시켰다고 본다. 요가와 호신술 기본기가 좀처럼 늘지 않는 것도 그 때문인지 모른다. 타고난 운동 신경 탓도 있겠지만.

다행히 드레이크는 꽤 인내심이 있었다. 체육관에 도착하자 드레이크는 오늘 할 일을 간략히 설명하더니 아주 놀랍게도, 내 동작을 잡아 주면서 꼭 필요한 말만 했다.

"라이트 훅."

"어퍼컷."

"돌려차기."

"얼굴 가려."

"자세 고정."

"좋았어. 다시 한번, 좀 더 날카롭게."

요가도 그렇고 드레이크가 구태여 가르쳐 주려는 호신술 기본기를 통해 나는 두 가지를 배웠다. 첫째로 내 자세가 정말로 형편없다는 것, 두 번째로는 드레이크가 가까운 미래에 일어나리라 믿어 의심치 않는 좀비 아포칼립스에서 내가 살아남을 가능성은 희박하다는 것이다.

"생각해 보라니까. 너라면 어쩌겠어?"

드레이크는 내가 펀치를 날릴 빨간 판때기를 들고 물었다. 나는 기력을 다 소진하기 전에 녀석의 강요로 산 파란 마우스피스를 뱉어 케이스에 넣었다.

"죽겠지."

"아니, 진지하게."

"그럼 넌 좀비 사태에 대비해 계획을 세웠다는 거야?"

"인마, 그건 시간문제라고."

"그럼 네 계획은 뭔데?"

드레이크는 씩 웃으며 어깨를 안으로 말고 몹시 진지하게 대답했다.

"코스트코."

"뭐?"

"코스트코에 임시 거주지를 만들 거야. 전염병이 지구를 휩쓸거나 기묘한 실종 사건이 잇따라 발생하면 젠이랑 부모님을 데리고 코스트코로 직행해서 새 삶을 시작할 거야. 창고형 매장이잖아! 음식, 캠핑용품, 바비큐, 없는 게 없다고. 우린 끝까지 살아남을 거야."

"알겠어. 근데 곧바로 코스트코에 갈 거면 내가 왜 좀비랑 싸우는 법을 배워야 해?"

드레이크는 헛웃음을 터뜨렸다.

"아니, 아니. 그건 내 계획이지. 네 살길은 네가 찾아야지."

"나도 가면 안 돼?"

"글쎄, 그럼 넌 담요 같은 거 만들어서……."

드레이크는 말끝을 흐리더니 손뼉을 치며 다시 마우스피스를 끼라고 했다. 마침내 펀치 연습을 마치고 나는 매트에 드러누웠다. 물병의 물도 바닥났고, 온몸이 쑤셨다. 썩 잘하지는 못해도 확실히 나아지고는 있었다.

잠시 후 젠이 문을 박차고 들어와 드레이크한테 달려들어 키스했다. 젠은 땀범벅인 드레이크의 목에 거리낌 없이 팔을 둘렀다. 나는 메스꺼움을 눌러 삼켰다. 뒤따라 들어온 이비도 끈적한 신체 접촉에 눈살을 찌푸리며 매트에 앉았다. 머리는 높이 올려 묶고 회색 요가 바지와 검정 탱크톱 차림이었다.

"무슨 얘기들 했어?"

젠이 물었다.

"레오도 코스트코 계획에 끼고 싶대."

젠은 나를 힐끗 봤다.

"뭐…… 담요라도 만든대?"

"내 말이 그 말이야!"

닭살 커플은 세상의 종말이 오면 어쩌겠다는 등 둘만의 대화에 빠졌다. 참다못한 이비가 끼어들어 뭘 연습 중이었냐고 물었다.

드레이크는 지금껏 뭘 알려 줬는지 주절주절 늘어놓더니 말했다.

"한번 보여 주자."

가슴이 철렁했다.

"괜찮아. 넌 점점 나아지고 있어. 게다가 누구나 처음은 구려."

나는 하는 수 없이 몇몇 동작과 펀치를 선보였다. 드레이크가 내 발놀림을 고쳐 줬다. 시범을 마치자 젠은 박수를 보냈다. 약간 어린애 재롱을 보는 느낌이긴 했지만 그마저 고맙게 여길 만큼 기분이 괜찮았다.

"나쁘지 않네."

이비가 말했다. 물론 속내는 읽을 수 없었다.

"준비됐어?"

이비가 물었다. 나는 짐을 챙기려고 일어섰다.

"둘만의 비밀 모험 떠나는 거야?"

젠이 물었다.

"그래."

이비가 대답했다.

"퀴노아 샐러드는 어쩌고?"

드레이크가 물었다.

"다음에! 레오는 샌드위치 먹일게."

이비의 말에 나는 드레이크에게 회심의 웃음을 지어 보였다. 녀석은 허망한 표정이었다.

"기운 내, 자기. 그 고약한 건강식은 내가 같이 먹어 줄게."

"자기도 퀴노아 좋아한다며."

젠의 말에 드레이크가 시무룩하게 답했다.

이비가 문을 향해 고갯짓했다.

"너희 뭐 하러 가는지 진짜 안 말해 줄 거야?"

드레이크가 젠의 손에 깍지를 끼고 쪽쪽대며 외쳤다.

"어서 여길 뜨자."

이비는 눈꼴신 애정 행각에 진저리를 치며 말했다.

이비 차에 오르며 곧 어색해질 마음의 준비를 하는 순간, 앞좌석에 올려진 뜨개 뭉치를 발견했다. 나는 씩 웃었다.

"이상하지 않아?"

"뭐가?"

이비가 안전띠를 매면서 되물었다.

"우리 거래 말이야. 나는 네 복수를 위해 사진을 찍어 주고 너는 그 대가로 내가 수업을 바꾼 사실을 우리 아빠에게 이르지 않는다는 게.”

“그렇게 말하니까 내가 되게 나쁜 애 같다.”

“똥을 괜히 받았겠어?”

“혹시 알아? 정말 저주 때문일지. 난 그렇다고 한 적 없지만.”

“만약 그렇다면 저주가 잘못된 거야. 게다가 내 고조할아버지가 훔쳤다는 그 성화, 돌려줄 수만 있다면 난 진작 돌려줬을 거야.”

“하지만 불가능하지. 그러니까 그냥 도와주는 게 좋을 걸.”

이비가 씩 웃으며 말했다.

우리는 고속 도로를 벗어나 해안 도로를 탔다.

“걔 보트도 있어?”

차가 선착장에 접어들었을 때 내가 물었다. 물론 있겠지. 언젠가 학교에서 들은 것 같기도 했다. 이로써 알 수 있는 두 가지 사실은 조던이 고가의 레저용품을 여럿 소유하고 있다는 것과 이비를 진짜로 열받게 했다는 것이었다.

이비가 가방끈을 쥐고 차 문을 열길래 나는 냉큼 손을 뻗어 문을 도로 닫았다.

“잠깐. 보트를 훔치자는 건 아니지? 전에도 말했지만 난 잡혀갈 생각 없어.”

“보트가 아니라 제트 스키야. 보트는 걔네 아빠 거고.”

잠시 뒤 알고 보니 엄청나게 큰 보트였다.

"난 그걸 물은 게 아니—."

"아무것도 안 훔쳐."

이비가 쏘아붙였다.

"걔가 대체 뭘 어쨌길래?"

이비는 대답하지 않았다.

"걔가 쓰레기라고 치자. 아무리 뒤에서 사람을 조종하는 놈이라고 해도 이렇게 공들여 엿 먹일 만큼 너한테 큰 잘못을 한 거야?"

이비의 눈이 위협적으로 번뜩였다.

"너 진짜 아무것도 모르는구나?"

"얘기해 줘야 알지."

이비는 날 무시하고 차에서 내렸다. 우리는 선착장을 따라 걸었다. 보트마다 이름이 큼지막하게 적혀 있었다. 웰링턴, 레지날드……. 마침내 우리는 다른 보트를 집어삼킨 듯한 거대한 괴물 보트에 다가갔다. 보트 뒤쪽에 '스완지'라고 적혀 있었고, 전용 출입구가 따로 있었다.

"좋아. 어떻게 들어갈 건데?"

이비가 여기까지 드나들 수 있다는 건 말이 안 됐다. 하지만 이비는 보란 듯이 주머니에서 열쇠를 꺼냈다.

"그건 또 어디서 난 거야?"

"주의를 기울이면 뭐든 알아낼 수 있어."

이비는 내 표정을 보고 한숨을 쉬며 덧붙였다.

"여분 열쇠를 어디 보관하는지 알거든. 난 개랑 몇 달을 사귀었어. 너라도 알아낼 수 있었을 거야."

"자꾸 그런 식으로 얼버무리기야? 주의를 기울인다고? 넌 그럼 평소에도 남의 행동을 하나하나 관찰하고 나중에 쓸 만한 정보를 수집한다는 말이야?"

"맞아. 그리고 목소리 좀 낮춰. 관심 끌고 싶은 게 아니라면."

선착장은 개를 산책시키는 몇 사람과 쌀쌀한 바닷바람을 뚫고 조깅하는 몇 사람을 빼고는 텅 비어 있었다. 이비는 다른 사람이나 추위를 전혀 신경 쓰지 않는 눈치였다. 우리는 약속 장소로 가듯이 보트로 이어지는 탑승로를 걸었다.

나는 카메라와 실타래, 그간의 뜨개 작업물, 그리고 어디에서 촬영할지 몰라 챙긴 배경용 흰색 천을 꺼냈다.

"걔네 가족이 갑자기 나타나면 어쩌려고?"

내가 물었다.

자기 가방에서 옷가지를 꺼내던 이비가 고개를 들고 갑판에 늘어선 페인트 통과 장비들을 가리켰다.

"새로 페인트칠하고 선실 리모델링 중이야. 앞으로 몇 주는 여기 얼씬도 안 할 거야."

"그건 또 어떻게……?"

이비는 우리 왼쪽 문에 붙은 안내문을 가리켰다.

보수공사 공고
관계자 외 진입 금지
3월 31일까지 작업 예정

그제야 마음이 조금 놓였다. 적어도 이비는 대책 없이 행동하지 않았으며 우리는 지난번처럼 엉뚱하면서도 발랄한 방식으로 촬영하고 자리를 뜨면 될 것 같았다.

누가 무전기에 대고 말하는 소리를 듣기 전까지는.

"예, 확인해 볼게요."

목소리는 거기서 끊겼다. 처음으로 이비는 긴장한 기색이 역력했다.

"젠장, 움직여!"

이비는 바로 오른쪽에 있는 미닫이문을 가리키며 속삭였다. 문에 난 창으로 들여다보니 방향키가 있는 방이었다. 이렇게 부르는 게 맞는지 모르겠지만.

자신감은 정말이지 마법 같다. 이비의 자신감은 내가 조던네 거대 맹견에 잡아먹힐 뻔한 사실을 까맣게 잊고 또다시 제 발로 위험한 모험에 가담하게 했다. 이비가 모든 걸 다 아는 것도 아닌데.

"들어가."

이비는 꺼낸 물건들과 함께 날 그 안에 밀어 넣고 문을 닫았다. 문 뒤는 어둡고 비좁았지만 우리는 가방을 끌어안고

밖에서 안 보이게끔 창 밑으로 몸을 바짝 붙였다. 이비는 구석에서 구명조끼 두 벌을 집어 우리 위로 덮었다. 발소리가 가까워졌다. 경비원은 보안 조끼를 입고 손전등을 허리에 찬 20대 남자였다. 그는 우리가 기댄 문 너머에서 창 안을 들여다보았지만, 감사하게도 문을 열지는 않았다.

맙소사, 우린 불법 침입죄로 구속될 거야. 아니, 난 안 돼. 다른 사람 앞에서 소변을 볼 수는 없어. 심장이 세차게 뛰고 손에 땀이 맺혔다. 보트에서 뛰어내리고 싶었다.

"진정해. 그냥 순찰 도는 거야. 곧 떠날 거야. 나 저 사람 누군지 알아."

이비가 속삭였다.

"스트루델을 알았듯이?"

불현듯 조던네 개가 떠올라 숨죽여 말했다. 나는 마른세수를 하며 덧붙였다.

"그럼 나가서 아는 척이라도 하지 그래?"

밀실 공포증은 아니지만 밀폐된 공간에 갇혀 있는 느낌이 썩 유쾌하지도 않았다. 이대로 숨어 있기보다 이비가 나가서 변명이라도 하는 쪽이 더 안전하게 느껴졌다. 이비는 똥 씹은 표정이었다.

"너 여깄으면 안 되는 거, 저 사람도 아는 거지?"

내 말에 이비가 날 매섭게 쏘아봤다.

나는 내가 어딨는지도 잊어버린 채 그리스어로 중얼거

렸다. 혼잣말은 아니었다. 나랑 같이 갇힌 사람도 그리스어를 할 줄 아니까.

"할머니가 옳았다니, 뭐가?"

"별거 아니야."

"말하기 싫은 게 아니고?"

나는 눈알을 굴렸다.

"어, 싫어. 너야말로 말 안 하는 것투성이잖아. 나도 딱히 공유할 생각 없어."

침묵. 그리고—

"뭘 알고 싶은데?"

이비가 속삭였다.

"물어보면 알려 주게?"

"아마도. 물어봐서 나쁠 건 없지."

나는 코웃음을 쳤다.

"그래. 그럼 그냥 가만히 있든가."

그것도 싫었다.

"그 잡지들은 다 뭐야?"

나는 이비의 차 뒷좌석에 쌓여 있던 잡지들을 떠올리며 속삭이듯 물었다.

"너 잡지에 거의 파묻혀 지내잖아. 포스트잇으로 표시한 것들은 뭐고?"

"아, 그거……. 그냥 공부하는 거야. 언젠가 대형 잡지사에서 일하고 싶어서. 아마 여행 기자로. 그래서 틈틈이 내가 쓴 기사랑 칼럼을 보내고 있어. 포스트잇은 마음에 드는 기사들을 표시해 둔 거고."

"너 글 쓰는구나."

"어, 뭐. 지금은 보내는 족족 퇴짜 맞지만."

이비는 약간 쑥스러운 듯이 시선을 내리깔았다. 이비가 어딘가에서 거절을 받는다니 너무 낯설게 들렸다. 이비는 잠시나마 자신감이 없어 보였다.

"멋지네."

내 말에 이비가 웃었다. 진심 어린 웃음이었다.

그래서인지 나도 모르게 이런 말이 나왔다.

"이비, 우리 이거 왜 하는 거야?"

어둡고 비좁은 공간 안에서 우리 둘 다 애써 가면을 쓸 필요는 없었다.

"왜 이 복수극이 꼭 예술적이어야 해? 이게 뭐길래? 헤어지고 나서 괴롭힐 방법은 얼마든지 있잖아. 소문을 퍼뜨릴 수도 있고 다른 방식으로 골탕 먹일 수도 있고. 왜 굳이 날 이용해 예술을 하는 건데? 난 진짜 모르겠어."

또다시 이비는 대답하지 않았다. 왜 그냥 툭 까놓고 얘기하지 않는지 이해가 안 갔다.

"그래, 걔는 쓰레기야. 걔가 하는 짓을 조금만 관찰하면 누구나 알 수 있지. 하지만 넌 그런 애가 아니잖아."

"괴상한 복수극을 위해 남을 협박해서 사진을 찍는데?"

이비가 말했다.

"오, 다행히 괴상한 건 아니."

내 말에 이비가 웃었다. 반가운 웃음소리였으나 이내 우리가 숨죽이고 있어야 할 상황인 걸 깨달았다.

"아무튼 이 사진들로 뭘 어쩔 계획인데? 그러니까, 어딘가에 공개할 거란 건 알겠는데."

"인스타그램. 인플루언서가 되려고 만든 계정이 따로 있어. 이미 팔로워가 수천 명이야. 해시태그도 생각해 놨어. 그리고 널 위해 사진 공모전 계정이랑 예비 사진가를 뽑으려는 예술 대학들도 태그 할 거야."

"뭐, 뭐?"

"그게 계획의 일부인 거 몰랐어? 좋은 학교들이 네 작품을 보게 해야지."

나는 멍청하게 고개를 끄덕일 뿐이었다.

"아무튼, 할머니가 옳았다는 말은 뭔데?"

"…… 거짓말은 불운을 불러온다. 그리고…… 너랑 엮이지 말라고."

이비는 헛웃음을 터뜨렸다. 나는 경비원이 아직 근처에 있을까 봐 쉿, 하고 말렸다.

"나랑 엮이지 말라고?"

"그러니까, 너희 가족이랑."

"너 진짜 저주를 믿어?"

"운수는 믿어. 적어도 내 조상이 너희 조상한테 지옥 불에 타 죽으란 말을 듣고 나서 불타는 차 안에서 죽었으니까."

이비는 잠시 곰곰이 생각하더니 고개를 끄덕였다.

"뭐, 가끔 그런 일이 벌어지기도 하지."

"그래서, 조던이 너한테 무슨 짓을 했는지 끝까지 안 알려 줄 거야?"

"경비원 갔다. 나가자."

이비가 문을 열었다. 나는 소리 죽여 이비를 따라 갑판으로 나갔다. 이비가 보트 뒤쪽 사다리를 살금살금 내려가 덮개를 벗기자 제트 스키가 모습을 드러냈다. 옆면에 큼직하게 '주니어'라고 새겨져 있었다. 나도 모르게 인상을 와락 구겼다.

"동감이야. 조던도 질색했어. 걔네 아빠가 새긴 거야."

"생각이 짧으셨네."

나는 눈썹을 씰룩여 보였다. 이비는 입술을 말아 물고 웃음을 삼켰다.

"그래서, 생각해 둔 그림 있어?"

이비가 대답이 없길래 나는 가방에서 알파벳들을 꺼냈다. E 두 개, T, A, H, R, C 하나씩. 무슨 단어인지 미리 알려 주지 않는 점이 이상했지만 그런 게 한두 개가 아니라서 그러려니 했다. 내 역할은 현장에서 즉흥적으로 창조력을 발휘하는 것인 듯했다.

이어서 나는 뜨개 작업물을, 이비는 책 한 아름과 레이스로 된 검정 탱크톱을 꺼냈다. 흠. 나는 알파벳을 나열해 봤다.

H–E–T–C–E–A–R

뭔가 보이는 듯해서 다시 배열했다.

C–H–E–A–T–E–R(사기꾼)

의외로 간단한 단어였다.

뷰파인더에 눈을 갖다 대자, 이비의 고통이 서서히 드러났다. 이비는 '주니어'에 앉아 손가락 끝에 레이스 탱크톱을 걸고 있었다. 조던의 인성을 까발리려고 애써 용기를 내고 있었지만, 그만큼 상처도 많았다.

내 카메라는 이비가 분노와 슬픔 사이를 오가는 모습을 포착했다. 이비는 언뜻 민망해하는 것 같기도 했다. 자기가 무엇을 들고 어디에 앉아 있는지, 우리가 지금 뭘 하고 있는지 의식한 듯이. 그것은 사진작가로서 나에게 새로운 경험이었다.

지금껏 내가 사진 찍는 장소는 주로 묘지였다. 사실 인간을 찍은 적은 손에 꼽는다. 나는 자연과 동물, 망가진 것들에서 사연을 찾는 게 좋았다. 사람을 소재로 삼은 적은 거의 없다.

렌즈 너머의 이비를 보면서 나는 사람이 시시각각 변한

다는 사실을 깨달았다. 모든 표정은 의미하는 것이 있고, 포착된 순간들은 각각 다른 이야기를 한다.

우리는 사진 찍기 가장 좋은 시간대를 놓쳤다. 해 지기 전 피사체가 빛을 받아 실물보다 더 크게, 심지어 비현실적으로 나오는 멋진 시간. 그래도 나름대로, 아니, 놀라울 정도로 잘 나왔다.

"건졌어?"

이비가 물었다.

"건졌어."

"좋아. 어서 뜨자."

카메라를 계속 목에 걸고 있어서 다행이었다. 뒷정리를 끝낸 뒤, 아까 이비가 기자가 되고 싶다고 말했을 때와 똑같은 웃음을 지었으니까.

진심으로 행복해하는 이비 파로스.

나는 그 순간을 포착했고, 덩달아 웃지 않기는 불가능했다.

나마스떼,

레오

15

오늘의 자세: 댄서 자세

똑바로 선다.

한쪽 다리를 뒤로 접어 손으로 발등을 잡고 다른 손은 위로 쭉 뻗는다. 그 상태로 상체를 앞으로 구부려 몸을 완벽한 활 형태로 만든다.

쉬워 보이지만 쉽지 않은 자세 중 하나다.

한 발로 선 채 팔을 앞으로 쭉 내밀어 활이 되는 순간은 꽤 우아하다. 난 아직 그 경지에 이르지 못했지만, 발을 잡고 약간 수그릴 수는 있다.

발전은 발전이다.

드레이크가 자랑스러워할 거다.

드레이크한테 연달아 문자가 와서 잠에서 깼다.

감히 시리얼을 숨기고 있었어?

마시멜로 시리얼? 뚱레오의 재림인가.

아, 별명은 미안. 그때 내가 좀 격동의
시기였어. 다신 그렇게 안 부를게.

미친. 드레이크는 우리 집 주방에 있었다.

네가 왜 우리 집 주방에 있어?

너희 아빠가 들어와서 기다리라길래.

내 질문에 대한 대답은 아니었다. 곧 방문 너머에서 영
화 〈록키 3〉의 주제곡이 요란하게 울렸다.

"난 너랑 달리기 안 할 거야. 절대로."

"알았어. 하지만 훈련은 해야 하니까 얼른 일어나. 오늘
요가 일찍 간다며?"

내가 언제? 하지만 나는 옷을 주워 입고 드레이크를 따
라 문을 나서면서 아빠한테 다녀온다고 웅얼거렸다.

체육관에 도착하고서야 드레이크가 이비에게 한 발 돌
려차기 시범을 보여 달라고 부탁한 것을 알았다. 이비만큼
잘하는 사람을 못 봤다고 했다. 드레이크 말은 과장이 아니

었다.

이비는 눈앞에서 고무 인체 모형을 묵사발 냈다. 다리를 번쩍 들어 흡사 투석기가 벽을 부수듯이 모형 얼굴을 후려 갈겼다. 연달아 빠르게 내지르면서도 번번이 같은 부위를 타격했다.

드레이크와 나는 입을 다물고 있었다. 마지막 20초쯤을 동영상으로 기록하던 드레이크는 이비가 돌아서서 우릴 마주 보자 핸드폰을 떨굴 뻔했다. 드레이크는 겨우 말했다.

"시벌 고마워, 이비."

이비는 광기 어린 표정으로 씩 웃더니 물병을 채우려고 복도로 나갔다.

내가 직접 해 보려고 준비하자 드레이크가 모형의 어깨에 손을 얹고 진지하게 말했다.

"잠깐 쉴 틈을 주자고. 이 친구도 회복할 시간이 필요할 거야."

그러고서 드레이크는 잠시 생각에 잠긴 눈으로 날 바라보았다.

"한 대 때려 봐도 돼?"

"뭐? 왜?"

내가 황당해서 되물었다.

"아니, 자기 몸이 폭력에 어떻게 반응하는지 알아야 호신술도 의미가 있잖아. 그리고 한 번 맞고 나면 긴장이 좀 풀릴지도 몰라."

"야. 까먹은 척하지 마라. 난 이미 너한테 맞아 쓰러졌었어. 그 일 때문에 우리가 학교에서 커플 상담까지 받고 있다는 거 잊었어?"

"그러네. 뭐, 다음번엔 쓰러지지 마라."

그러고 보니 확실히 전처럼 비실거리지 않는다.

몸이 가볍고, 좀 더…… 날렵해졌달까? 그렇다고 닌자 같다는 건 아니지만, 뭔가 좀 더 군더더기 없이 움직이는 느낌이다. 물건을 떨어뜨리는 횟수가 줄고 순발력이 조금 늘었다. 다만 안타깝게도 춤 실력과는 상관없는 것 같다. 저녁에 독립 기념일 행사를 연습하면서 깨달았다.

그리스 전통 춤은 그리 어렵지 않다. 세상에서 가장 아름다운 춤은 아니지만 제대로 하면 꽤 흥겹다. 남의 발을 밟을까 봐 발끝만 쳐다보지 않으면 훨씬.

사람들과 일렬로 서서 앞뒤로 일사불란하게 움직이는데, 동작도 동작이지만 여럿이서 함께 출 때의 에너지가 어마어마하다. 손에 손을 잡고 앞으로, 뒤로, 정확히 동시에 발을 놀리기.

할머니 덕분에 나는 매년 칼라마타 지역 전통 춤에서 빠질 수 있었다. 군무를 망치는 상황은 상상만 해도 끔찍했다. 춤의 동작이나 의미를 걱정해서가 아니라 내가 모든 걸 망쳤을 때 다들 주목하는 상황이 두려워서다. 속수무책으로 공황 상태에 빠질 수 있으니까. 하지만 올해 할머니는 주최 측에 양해를 구할 수 없었다. 더는 세상에 없으니까. 아빠한 테 어렵게 말을 꺼냈더니 이런 대답이 돌아왔다.

"다들 해야 한다면 너도 마찬가지다."

네, 감사.

그게 다였다. 대화의 여지는 없었다.

나는 연습 장소에서 꼬인 속이 저절로 풀리기를 기다렸다. 불가능했다. 음악이 시작되자 염소 떼처럼 모인 사람들이 박자에 맞춰 어색하게 움직였다. 예상대로 사람들은 몇 초 만에 감을 잡았다. 어쩌면 각자의 몸에 깃든 그리스인다움이나 조상의 피가 저절로 춤을 추게 하는지도 몰랐다.

나는 어정쩡하게 삐걱거릴 뿐이었다. 요가를 통해 얻은 약간의 유연성이 도움이 될지도 모른다고 생각했으나 헛된 기대였다.

그때 누군가 내 손을 잡았다. 이비였다.

이비는 담당 선생님에게 내가 행사 웹페이지에 올릴 사진을 찍어야 한다고 말했다. 선생님이 호락호락 넘어가지 않자 이비는 몹시 설득력 있는 표정을 지어 보였다. 자기가 상황을 더 잘 아는데 쓸데없이 의심하는 상대가 답답하다는 표정이었다.

나는 웃음을 터뜨릴 뻔했다. 이비는 너무나 쉽게 사람들을 속여 원하는 바를 얻어 냈다. 협박까지 할 것도 없었다.

"가."

이비가 말했다.

카메라 렌즈 뒤로 숨자마자 속이 편안하게 풀렸다. 어떤 순간을 포착할 수 있다는 데는 엄청난 자유가 있다. 아무 걱정 없이 그 순간의 일부가 될 수 있을 것 같달까.

사람들은 실컷 움직인 끝에 각자 흩어졌다. 나는 카메라를 목에 걸고 가방을 챙기며 떠날 준비를 했다.

이비는 그 자리에 서서 내가 짐을 다 꾸릴 때까지 지켜봤다. 애써 무시했지만 돌아섰을 때 이비는 여전히 나를 보고 있었다.

"나한테 무슨 용건 있어?"

머릿속으로는 꽤 무심하고 쿨하게 나올 줄 알았던 말이다.

이비는 나를 향해 두 손을 뻗었다.

"뭐야?"

"가르쳐 줄게."

"뭘?"

이비가 내 손을 잡아끌고 스텝을 밟기 시작했다. 아까 사람들이 자연스레 했듯이 앞으로, 뒤로, 원을 그리면서. 나는 발끝을 보지 않고 맞잡은 손을 보다가 고개를 들었다. 웃지는 않았으나 이비는 즐거워 보였다. 어차피 남들처럼 **즐거움을 즐기는** 애도 아니다. 바쁘고 비장한 표정이었는데 그게 진짜 즐겁다는 의미였다. 춤을 멈추고 이비는 핑그르르 돌며 몸을 풀렸다.

나는 이어질 말을 잠자코 기다렸다. "넌 너무 걱정이 많아"라든지 "봐, 잘 할 수 있잖아!"라든지 "긴장 푸니까 훨씬 낫지?"라든지. 하지만 이비는 말이 없었다. 여럿이 함께 추는 것도 아닌데 나는 여전히 어설프게 삐걱거렸다. 넘어지지는 않아 다행이었다.

"즐거워 보이네. 혹시 잡지사에서 연락 왔어?"

내가 조심스럽게 화제를 돌렸다.

"왔지. 〈틴 비트〉〈틴 보그〉〈피트니스 매거진〉 그 외 등등에서 거절 회신."

이비가 핸드폰 화면을 내밀어 메일을 보여 줬다.

"보통 거절을 받고 즐겁다고 할 수는 없지 않아?"

내가 말했다.

파로스 양에게

당신의 글은 흥미로웠지만, 개인적인 공감을 끌어내기엔 부족하다고 느꼈습니다. 궁극적으로 우리가 소속 기자들에게 바라는 역량이죠. 아주 솔직히 말해서, 당신은 아직 우리 인턴 프로그램에 필요한 자격을 갖추지 못했습니다.

관심 가져 주셔서 감사합니다.

행운을 빌어요!

파로스 양에게

당신의 문장력은 아직 미숙하고, 아무도 그리스 꼬마의 슬픈 이야기를 읽고 싶어 하지 않습니다. 좀 더 흥미를 끌 만한 이야기로 찾아와 주길 바랍니다.

관심 가져 주셔서 감사합니다!

기고자님께

관심 가져 주셔서 감사합니다. 우리는 귀하의 이메일을 받았으며 제출한 원고를 검토할 예정임을 알려 드립니다.

파로스 양에게

유감스럽게도…….

"미안."

"괜찮아. 반응이 없는 것보다 낫지! 적어도 방향이 잡혔잖아. 공감과 흥미 끌어내기. 자, 이제 다시 한번 춰 보자."

이비가 내 손을 잡고 스텝을 이끌었다.

이비는 종잡을 수 없는 사람이지만, 이제 막 나를 자기 세계 안으로 들이는 느낌이 들었다. 드레이크나 젠과는 다른 방식으로.

나는 내가 젠과 드레이크의 애정 행각에 학을 떼길 바랐다. 그런데 보다 보니 좀 귀엽긴 하다. 대부분의 고등학생

커플들은 징그럽고 부자연스러운데, 두 사람은 서로의 별남을 완벽히 포용하는 느낌이다. 미적분학에 대한 애정을 당당히 드러내는 젠과 가공식품들을 처단하느라 바쁜 드레이크. 왠지 잘 어울린다.

마지막 회전을 마친 이비가 내 손을 놓는가 싶더니 꽉 쥐었다.

"점점 나아지는 거 같은데?"

이비가 말했다.

동감이었다.

나마스떼,

레오

16

애나벨의 병가로 요가 수업도, 오늘의 자세도 없다.

ele

평소처럼 체육관에서 드레이크와 함께 훈련하고 요가 수업에 들어갈 예정이었다. 하지만 드레이크가 늦길래 여자 육상팀용으로 만들던 헤드밴드를 꺼냈다.

막 작업을 시작했을 때 드레이크의 문자를 받았다.

미안, 나 아까 아이스크림 먹었어.

그래서…?

레오. 난 심각한 유당불내증이야.
아이스크림을 먹으면 배탈이 난다고.

아하. 그런데 왜…?

때로는 욕망이 이성을 이기니까.

뭐라고 답해야 할지 몰랐지만 다행히 고민할 필요가 없
었다.

젠이 수학 경시대회 친구들이랑 새로 생긴
젤라토 가게에 갔다가 딸기 치즈케이크 아이
스크림을 사 왔는데 그 안에 진짜 케이크가
들어간 거야. 오늘은 치팅데이고 가방에 소화
제가 있는 줄 알았는데 아니었어. 짧게 말할게.
나는 아이스크림을 먹었고 지금 내 엉덩이는
용암을 분출하는 화산이야. 그래서 오늘 훈련
을 취소해야겠어.

그렇게 자세히 공유할 필요는 없다고 말하려다가 포기
하고 그냥 괜찮다고 답장했다. 언제부터였는지 이비가 문가
에 서서 날 지켜보고 있었다.

"너 그거 아무 데서나 해?"

이비가 내 뜨갯거리를 보고 물었다.

내가 고개를 끄덕이자 이비가 다가와 바닥에 앉았다.

"그러면 긴장이 풀리나 봐?"

나는 어깨를 으쓱했다.

"그거 할 때마다 네 어깨가 평소보다 편안해 보이거든. 뭔가 이완됐달까. 얼굴도 그렇고."

그때 드레이크가 문자로 변기에 앉아 있는 자신의 셀카를 보냈다. 엄지를 치켜든 채 가랑이 사이에 전략적으로 스마일 스티커를 붙인 사진이었다. 나는 이비가 보기 전에 얼른 문자 창을 닫으려 했지만, 한 박자 늦었다.

"진짜 희한한 녀석이야. 필터가 없잖아. 부끄러움도 없고. 뭐, 꼭 나쁘다는 건 아니지만."

이비가 말했다.

나는 잠자코 뜨개질로 돌아가려고 했는데 이비가 몸을 기울이며 뭔가 기대하는 눈빛으로 날 쳐다봤다.

"그래서 오늘 훈련도 없고 요가도 없다는 거지."

"어."

나는 실을 도로 감으며 대답했다. 뜨개질은 더 이상 의미가 없었다.

"딴 데 가서 하게?"

이비의 물음에 나는 슬쩍 웃었다.

"그냥 사진이나 좀 찍으러 갈까 하고."

"따라가도 돼?"

나는 약간 놀라 코바늘 하나를 떨어뜨렸다.

"따라오고 싶다고?"

"너만 괜찮다면. 어디 자주 가는 데 있어?"

"어, 뭐."

머릿속으로 공동묘지보다 그럴싸한 장소를 물색했으나 실패했다.

"근데 그 장소가 그러니까 좀⋯⋯."

나는 적당한 말을 찾아 헤맸다. 아마 비정상적이라고?

"마침 나도 좀 한가해서, 괜찮다면 같이 가. 뭐 위험하거나 그런 데는 아니지?"

이비는 '네가 설마 위험한 데를 제 발로 가겠냐'는 눈빛이었지만 속는 셈 치고 물어보는 듯했다.

"아니, 그냥 가끔 가는 데인데⋯⋯ 좀 으스스해도 아름다운 곳이야."

내 귀에도 멍청하게 들렸지만 이비는 비웃지도, 무시하지도 않았다. 진심으로 호기심이 있는 눈치였다.

"어딘데?"

"말로 하긴 좀 그런데."

"보여 줄 수 있어?"

그 말에 위가 다시 꼬여 들었다. 나는 몸을 뒤로 젖혔다.

"비밀만 아니라면."

이비가 덧붙였다.

"아니, 그런 건 아니고."

"어차피 갈 거면 나도 데려가."

"왜?"

이비가 씩 웃었다.

"왠지 비밀 같아서. 난 비밀 좋아하거든."

"그러니까, 넌 죽은 사람들이랑 어울리는구나."

공동묘지에 접어들자 이비가 말했다.

"엄밀히 말해서 어울리는 건 아니야."

어느 시점에서 이비가 목적지를 눈치챘는지는 모르겠지만, 아마 내가 묘지 뒤편에 있는 오래된 영묘(죽은 위인을 기리는 일종의 사당: 옮긴이)로 향하는 운구 행렬을 따라가라고 했을 때는 확실히 알았을 것이다.

이비는 오솔길에 차를 대고 시동을 껐다.

"나는 그냥 따라온 거니까 넌 평소에 하던 대로 해."

"보통은 일단 그냥 걸어. 사람들은 묘지에 온갖 희한한 것들을 남기거든. 뭔가 흥미로운 걸 발견할 때까지 그냥 걸어 다녀."

"가 보자."

이비는 내 반걸음 뒤에서 주위를 둘러보며 이따금 묘비명을 읽었다. 나는 비석에 세워진 우산을 발견했다. 누군가 벤치에 두고 간 책, 스카프, 땅에 찔러 놓은 작은 삽도.

이비랑 같이 온 것도 깜빡했을 무렵, 이비가 등 뒤로 다가와 물었다.

"사람들은 안 찍어?"

"여기선 못 찍지."

반은 상식이자 예의였고 반은 웬만하면 사람들과 말을 섞고 싶지 않아서였다.

"아니, 물론 슬퍼하는 사람한테 무턱대고 카메라를 들이밀 수는 없지. 하지만 그냥 혼자 앉아 있는 사람이나 여기서 일하는 사람들은? 그 사람들은 어쩌면—."

나는 고개를 저었다.

"내가 물어보면?"

나는 고개를 비스듬히 하고 고민했다.

"허락하는 사람이 있다면, 뭐."

모퉁이를 돌자 보라색 꽃이 만개한 자카란다나무 아래 한 남자가 복슬복슬한 흰 개와 함께 벤치에 앉아 있었다. 이비는 잠시 그를 지켜보다가 괜찮다고 판단한 듯 다가가 옆에 앉았다.

이비는 자기소개부터 했다. 먼발치에 서 있는 나는 자세히 들을 수는 없었지만, 이비가 개인적인 얘기를 하고 있다는 건 알 수 있었다. 이비는 수첩을 꺼내 무언가를 끄적이더니 날 향해 손짓했다.

"이쪽은 레오예요. 레오, 이분은 칼이야. 아내를 보러 오셨대. 사진을 찍어도 좋다고 허락하셨어."

점잖게 말하지만 으스대는 속내가 읽혔다.

이비는 일어나서 칼을 향해 말했다.

"평소에 하시던 대로 하면 돼요."

"난 그냥 아내에게 이런저런 얘기를 하고 있었어요."

그의 말에 나는 고개를 끄덕였다.

칼은 묘비로 돌아가 이야기를 하기 시작했다. 나는 일부러 귀 기울이지 않고 개가 몸을 일으켜 칼이 둔 꽃다발에 슬그머니 다가가는 모습을 지켜봤다.

모든 움직임이 사연을 전했다. 칼이 결혼반지를 매만지는 방식, 아내의 이름이 나올 때마다 개가 반응하는 방식. 나는 그 둘의 사진을 몇 장 찍었고, 자리를 뜨기 전에 감사하다고 말했다.

"이번엔 저 여자한테 물어보자."

이비가 속삭였다. 파일을 든 관리인이었다. 그다음에는 정원사, 그다음에는 운구차 운전기사. 그들은 모두 사진 촬영을 승낙했다.

한참 뒤 나는 카메라를 내려놓고 이비에게 다가갔다.

"원래는 좀 걷다가 한동안 뜨개질을 해."

"어디서?"

나는 이비를 데리고 호수 옆 오솔길 근처에 있는 할머니 무덤으로 갔다.

"여기 얼마나 자주 와?"

"필요할 때마다."

애매한 대답이었지만 그렇게 말고는 표현할 방법이 없

었다.

"여기서 사진을 찍어?"

"거의."

"안 찍을 때는 뭐 해?"

"기억하려고 하지."

"뭘?"

"걱정을 지울 만한 건 뭐든."

이비가 내 손을 잡았다.

"여기 진짜 멋져."

"하지만 솔직히 살짝 소름 끼치긴 하지?"

"생각보다는 아니야. 꽤 고즈넉하고 평화롭네. 네가 왜
여기 오는지 대충 알 것 같아."

"하지만……?"

이비는 씩 웃었다.

"하지만 산 사람들 틈에서도 평화를 찾을 수 있어."

이비는 나를 집까지 태워다 주었고, 나는 일부러 고민하
지 않고 이비의 뺨에 살짝 입 맞춘 뒤 내렸다.

나마스떼,

레오

17

오늘의 자세: 머리 서기 자세

애나벨에 따르면 전신을 튼튼하게 하고 마음을 달래 주는 자세다. 아마 온몸의 피가 머리로 쏠려 귓가에서 고동치는 소리를 들을 수 있기 때문이다. 어쩌면 정말 정신 수양이 될지도 모르고.

다른 사람들은 모두 매트 위에서 한 번에 그 자세를 해낸다. 나는 그저 바라만 본다. 마치 밤마실을 나온 박쥐 가족을 구경하듯이.

애나벨은 미소 지으며 날 요가실 뒤쪽으로 이끈다. 팔뚝과 손으로 머리를 요람처럼 감싸는 법을 보여 주고 발을 차올려 벽에 기대라고 알려 준다.

전처럼 내 다리를 들어 올려 벽에 세워 주는 일은 없다. 나는 배에 단단히 힘을 주고 가까스로 직접 해낸다. 넘어지지 않는다. 그렇게 몇 분간 우리는 함께 이상한 박쥐가 된다.

       ette

 어제 묘지에서 돌아왔을 때 아빠가 내 어깨에 손을 툭 얹었다.

 남들 눈에는 대수롭지 않아 보이겠지만 우리가 부자의 정을 나누는 건 바위랑 교감하는 것과 별반 다르지 않기에 아빠가 어떤 식으로든 친밀감을 표현했다는 사실이 놀라웠다.

 살짝 들뜬 것도 잠시, 머릿속이 복잡해졌다. 뭐 때문인지도 몰랐다. 뇌로 이어지는 신경줄에 뭔가가 매달려서 다른 생각을 가로막았다. 나는 크게 심호흡했다. 가만히 서 있는데도 전력 질주한 사람처럼 가슴이 두방망이질했다.

 알 수 없는 생각은 계속 머릿속에서 소용돌이쳤다. 마치 꿈에서 깨어났는데 어떤 꿈인지 기억해 내려고 애쓰는 느낌이었다. 알아내 봤자 아무짝에도 쓸모없는 망상일 텐데.

 그때 이비의 문자를 받았다.

저기.

어.

이제 놓아줄게. 더 이상 강제로 사진 촬영이나 얀 바밍 할 필요 없어.

아, 그래.

하지만 너만 괜찮다면 나한테 아이디어가 하나 더 있어. 네 공모전에 낼 걸작이 될 수도 있을 거야. 하지만 확실히 더 위험해. 이번에는 정말 잡힐지도 몰라. 그놈이 알 아낸다면 길길이 날뛸 거야.

그래도 네 도움이 필요한 일이야.

알았어. 도와줄게.

정말로?

어.

왜?

이번에는 네가 재수 없게 굴지 않았으니까.

나마스떼,
레오

18

오늘의 자세: 나무 자세

한 다리로 똑바로 서서 다른 쪽 발바닥을 허벅지 안쪽에 댄다.

이 자세를 할 때마다 나는 모두의 훈련견이었던 때로 돌아간다. 왜냐하면 다들 수년에 걸쳐 완벽히 연마했는데 애나벨은 여전히 "발을 허벅지 안쪽까지 충분히 끌어옵니다"라고 말하기 때문이다.

그야 내 발이 무릎까지 내려가 있으니까. 오로지 날 위해 하는 말이 분명하다.

ele

점심시간에 드레이크가 잡은 자리로 가서 앉다가 조던

을 봤다. 거기까지는 이상하지 않았는데, 녀석도 날 보더니 자기 친구들을 두고 한달음에 달려왔다. 진짜로 달린 건 아니고, 애써 반가운 척을 하려는 듯한 발걸음이었다.

"주문 하나만 더 할게."

조던은 씩 웃으며 자기 핸드폰 화면을 보여 줬다. 여성용 숄이었다. 패턴이 꽤 복잡했고 모델이 거의 홀딱 벗은 상태로 두르고 있었다.

"돈은 얼마든지 줄게. 일주일 안에만 해 주라. 문자로 사진 보내 줄게."

조던은 윙크하고서 거래가 성사됐다는 듯이 발걸음을 돌렸다. 나는 녀석을 불러 세웠다.

"미안. 주문이 너무 많이 밀려서. 일주일 뒤에나 작업 가능해."

조던의 입매가 약간 비뚜름해졌다.

"진심이야? 가격은 부르는 대로 줄 수 있어."

"진심이야."

왠지 속이 시원했다. 조던은 웃음기를 싹 지운 채 자기 무리로 돌아갔다. 복도 반대편에서 이비와 눈이 마주쳤다. 하지만 이비는 이내 사물함을 지나 사라졌다.

"저 둘 사이에 무슨 일이 있었는지 좀 말해 줄래? 나만 빼고 다 아는 듯한데."

나는 드레이크에게 물었다.

젠은 한숨만 쉴 뿐 아무 말도 안 했다.

"조던이 이비를 갖고 놀았어."

드레이크가 말했다.

"이비를?"

나는 이비 같은 애가 누군가한테 놀아날 수 있다니 믿기지 않았다.

"놀랍지?"

젠이 내 마음을 읽고 말했다.

"이비는 인기를 즐겼어. 조던을 좋아하긴 했지만 진심으로 사랑한 건 아니고, 오히려 걔랑 사귀면서 딸려 오는 것들에 푹 빠졌지. 남들의 주목, 관심. 걔가 질이 안 좋다고 아무리 말해도 안 듣더라고."

"그렇게 말한 사람이 한둘이 아니지."

드레이크가 덧붙였다.

"걔가 뭘 어쨌길래?"

"그걸 아직도 모른다니 믿을 수가 없다."

젠이 혀를 내둘렀다. 나는 그게 학교 일반 상식일 줄 몰랐다.

"레오는 사람들을 안 좋아해. 모를 만도 하지."

드레이크가 말했다.

"걔는 이비를 두고 게임을 했어. 이비를 사귀면서 뒤에서 얼마나 많은 여자애를 만날 수 있는지 남자애들이랑 내기한 거야. 이비가 눈치챘을 때는…… 너무 늦은 거지."

젠의 얼굴에는 읽기 힘든 무언가가 스쳤다. 꼭 집어내야 한다면, 젠은 이비에게 조금 화가 나 있는 듯했다. 친구로서 지지해 주고 싶지만 "내가 뭐랬어"란 말을 억누르려고 안간힘을 쓰는 느낌이랄까.

"넌 그 사실을 알면서 이비한테 말 안 해 줬어?"

내가 드레이크에게 물었다.

"나도 그 녀석이 개자식인 건 알았지만, 내기에 대해서는 몰랐어. 이비가 알았을 때 나도 알았지."

"수구팀 놈들끼리 비밀로 한 거야. 그때 이비는 인기에 푹 빠져서 우리 충고를 안 듣기도 했고. 프롬(고등학교에서 학년 마지막에 열리는 공식 댄스 파티. 학생들에게도 중요한 행사다: 옮긴이) 퀸 후보에 올랐을 때가 절정이었지. 그러니 탄로 났을 때 완전 개망신이었어. 게다가 조던은 이비랑 같이 했던 걸 다 떠벌리고 다녔어. 전부 다."

젠은 고개를 절레절레했다.

"결과적으로, 이비는 사람을 잘 안 믿어."

드레이크가 말했다.

할머니가 자주 하던 말이 떠올랐다. 숱한 그리스 속담 중 하나였다. 우유를 마시다 입을 데면 요구르트를 먹기 전에 **후후 분다**. 나쁜 경험을 하면 비슷한 일을 겪을 때 조심한다는 뜻이다.

"이비 좀 만나고 올게."

야외 테이블을 벗어나 이비가 지나간 사물함을 지나칠 때 귀에 익은 목소리가 들렸다.

"뭘 꾸미고 있는지 모르겠지만, 날 건드렸다간 재미없을 거야."

조던이었다.

"걱정 마. 건드리고 싶지도 않거든."

이비가 말했다.

조던은 하하 웃었다. 특이한 웃음이었다. 크고, 억지스럽고, 바로 알아챌 수 있는.

"괜찮아?"

나는 조던의 발소리가 사라지고 나서 이비에게 다가가며 물었다.

"아니."

내가 손을 내밀자 이비가 순순히 잡았다. 나는 이비를 데리고 드레이크와 젠에게 돌아왔다. 우리가 나타나자 두 사람은 티 나게 입을 다물었다.

"내 얘기 중이었나 봐?"

이비가 한쪽 눈썹을 치켜올리며 물었지만 딱히 추궁하는 기색은 아니었다.

"어."

젠이 말했다.

두 사람은 서로 눈빛을 주고받았고, 이내 이비가 씩 웃었다. 그 웃음은 드레이크와 내가 이해할 수 있는 범주에 없었다. 순간 질투가 났다. 나도 누군가와 그런 식으로 소통하고 싶었다. 눈빛만으로 완벽히 이해할 수 있는 사이라니. 이제껏 아무도 나를 그런 눈으로 바라본 적 없다.

문득 뭔가가 기억났다.

"자."

나는 어젯밤에 뜬 노란 튤립을 이비에게 건넸다.

"나 이제 꽃 받을 자격 있는 거야?"

이비의 말에 나는 그저 픽 웃었다.

나마스떼,

레오

19

오늘의 자세: 낙타 자세

무릎을 꿇고 선다. 그러고서 넓적다리를 안쪽으로 살짝 말라는데 그게 무슨 뜻인지 아직도 모르겠다.

엉덩이에 힘을 주되 딱딱하게 만들지는 않는다. 그러면 엉덩이가 동전 하나를 집으려는 듯이 꽉 오므라든다. 보통 엉덩이는 뇌의 명령을 거부하기 때문이다.

이어서 양손으로 골반 뒤를 짚고 가슴을 높이 든다.

이건 고문이 아니라고 속으로 되뇐다.

~~~

나는 생활지도실에서 드레이크에게 뜨개질을 가르치기 시작했다. 지금까지는 고양이한테 변기 사용법을 가르치는 것 같았다.

　드레이크는 집중력이 전혀 없고, 매번 실을 엉키게 하거나 바늘을 떨어뜨리거나 둘 다 했다. 그래서 대바늘은 포기하고 코바늘로 넘어갔다. 만약 술 취한 아기들이 만든 것처럼 보이는 길기만 하고 엉성한 짜임을 원한다면 꽤 잘하고 있다. 적어도 녀석은 뭔가를 만들어 내고 아직 포기하지 않았다. 칭찬할 만하다. 다만 드레이크는 1단 사슬뜨기만 계속했다. 그래서는 뜨개질이라고 할 수 없으니 단을 늘려야 한다고 말하려는데 드레이크가 고개를 쳐들고 말했다.

　"이거 재밌다, 레오. 가르쳐 줘서 고마워."

　토머스 선생님은 눈물을 삼키는 기색이 역력했다. 우쭐함이 보이는 눈물이었다. 그런 게 있다면. 나는 선생님 눈을 피해 일주일 전 이비가 요청한 알파벳들에 집중했다. 새빨갛고 복슬복슬한 실로 떴는데 이번에는 어떤 단어인지 짐작할 수 있었다. '개자식(ASSHOLE)'은 상당히 개성 있는 단어다. 이외에도 나는 이비가 요청한 물건들로 가방 하나를 채웠다. 뜨다 만 담요와 안 쓰는 뜨개 작업물들.

　드레이크와 같이 앉아 있을 때 이비의 문자가 왔다.

오늘 밤 가능해? 마지막이야. 약속할게.

네가 원한다면.

"너희가 뭘 하는지는 모르겠지만, 제대로 알고 하는 거 맞지?"

드레이크는 자기 팔을 고치처럼 뜨개로 감싸며 말했다.

"아마도."

지난 촬영 때와 달리 이비는 초조해 보였다. 오히려 침착한 쪽이 나라니 이상했다. 괜한 책임감 때문에 배 속에 뭔가 더 얹히는 느낌이었다. 그래도 계속 옆에서 말을 걸었다. 이비가 자꾸만 그리스어로 혼잣말을 하길래 대화가 필요할지도 모른다고 생각해서였다. 어쩌면 평소처럼 침착해 보이고 싶을 수도 있고.

"이번 건 뭐가 달라? 이렇게까지 긴장한 적 없잖아."

"긴장한 거 아니야. 단지 이번엔 판이 좀 커. 시간도 꽤 걸릴 거야."

이비가 운전대를 손톱으로 긁으며 뱉듯이 말했다. 나는 이비가 요점을 밝힐 때까지 잠자코 기다렸다. 혼잣말을 방해하는 건 짜증을 돋울 뿐이었다.

"이번엔 차야."

이비가 드디어 말했다.

"차에다 얀 바밍 하는 거야?"

"견인된 차에다."

학교 주차장에서 어처구니없이 비싸 보이는 차를 보긴

했다. 조던의 차가 분명했다.

"와우. 그게 가능해?"

"지붕 있는 개인 주차 공간에는 자리마다 작은 명패가 붙어 있어. 주차 요원들이 순찰을 돌다가 차 번호판과 명패가 다르면 견인시키지."

"설마 명패를 바꿔치기한 거야?"

이비는 씩 웃었다.

"그럼, 조던이 자기 메르세데스를 찾을 때쯤에는—."

"마세라티야."

"아무튼…… 주차장에 없는 거지? 우린 견인될 때까지 마냥 기다려?"

"이미 견인됐어."

나는 감탄의 휘파람을 불었다.

"압류차고지 주인이 여자야. 자초지종을 설명하니까 우릴 들여보내 주겠대."

"그게 다야?"

"여자끼리 돕고 살아야 한다던데."

"그래서, 우리가 견인된 차에 얀 바밍을 하고 조던이 그걸 찾으러 오면—."

"걔 부모님이 찾으러 올 거야. 걔네 부모님 명의니까."

"아."

난 당황해서 할 말을 잊었다.

"빠지고 싶어?"

이비가 물었다.

"아니."

난 빠르게 답했다. 왜 그랬는지는 모르겠다. 빠지고 싶어야 정상인데.

"네가 가담할 의무는 없어. 사진은 그냥 핸드폰으로 타이머 설정해서—."

나는 가슴을 부여잡으며 상처받은 표정을 지었다.

"핸드폰 타이머? 그걸로 날 대신하겠다고? 어떻게 감히?"

이비가 씩 웃었다.

압류차고지 주인은 눈두덩이에 반짝이는 아이섀도를 바른 여자였다. 차고지 안은 꽤 암울했다. 버려진 것들의 기운이 생생히 감돌았다. 모든 차량이 울적해 보였다. 하지만 주인은 꽤 경쾌한 사람이었고, 우리가 작업을 준비하는 내내 얼굴 가득 미소를 머금고 지켜봤다.

"차 주인한테는 이 상태로 도착했다고 할게."

주인은 이비에게 윙크하며 웃었다.

내가 온갖 실과 뜨다 만 작업물들을 꺼내 차를 덮기 시작하자 주인은 다시 웃음을 터뜨렸다.

한때 주문받아 만들다가 취소되어 미완성으로 남은 분홍색 그래니 스퀘어 담요에서 출발했다. 이어서 몇 년 전 할머니를 거들어 교회 크리스마스 행사를 위해 만든 목도리들, 안 쓰는 모자와 버려진 양말들, 핼러윈데이 장식으로 쓴 온갖 반짝이는 실을 꼬아 만든 두툼한 밧줄들까지.

거대한 평온함이 몰려왔다. 예술이었다. 나는 머릿속으로 도안을 그렸고, 작업에 필요한 모든 것들을 가지고 있었다. 리듬이 들어맞기 시작했다. 거미가 거미줄을 치듯 본능적으로 차에 실들을 엮었다. 내가 손을 내밀면 이비가 무언가를 건네주거나 가져갔다. 이따금 손가락이 스쳤는데 이비는 신경 쓰지 않는 듯했다.

그런데 나는 신경 쓰였다.

레나는 낡은 의자를 끌어다 앉더니 본격적으로 우리 작업을 구경하며 간간이 웃음을 터뜨렸다. 특히 실 밧줄로 덮은 앞 유리에 거대한 분홍색 브래지어를 매달았을 때 가장 크게 웃었다.

"내 전 남친도 몹쓸 놈이었어. 차를 실로 감싸는 것보다 더한 짓을 당해도 싸지만, 이것도 나름대로 통쾌한걸."

두 시간여 만에 차는 완전히 실로 뒤덮였다. 손가락 하나 들어갈 틈도 없이.

알파벳을 잘 보이게 나열한 뒤에 이비는 자동차 앞쪽에 앉아 얼굴에 반쯤 미소를 띤 채 카메라를 똑바로 바라봤다. 셔터를 누르는 순간 알았다. 그 사진이 내 포트폴리오를 장식할 작품이 되리란 걸. 이비는 아주 강렬하고, 의기양양했다. 하지만 나는 거기서 멈추지 않고 이비가 주변에 굴러다니는 폐품들로 차를 공격하는 시늉을 하는 모습도 몇 장 찍었다.

이비는 차 지붕에 앉아 나를 향해 손을 내밀었다.

"같이 한 장 찍자."

나는 카메라를 내려놨다.

"딱 한 장만."

이비가 재촉했다.

주인이 한달음에 달려와 카메라를 가져갔다. 나는 어색하게 실로 뒤덮인 차 지붕으로 올라가 이비 옆에 앉았다. 이비가 내 어깨에 고개를 기댔을 때 주인이 셔터를 눌렀다.

"들키기 전에 어서 떠나는 게 좋겠다."

주인의 말에 우리는 서둘러 차에서 내려와 감사 인사를 한 뒤 짐을 챙겼다.

"정말 이대로 떠나도 되겠어?"

나는 뜨개실로 융단 폭격을 맞은 듯한 차를 바라보며 물었다.

"어. 이제 돌이킬 수 없어."

나는 고개를 끄덕이며 카메라에서 메모리 카드를 꺼냈다.

"자, 최고의 작품들만 남겨 놨어. 네 맘에 드는 것들로 골라."

이비는 메모리 카드를 받아 들고 웃었다.

"에프하리스토(고마워), 레오니다스."

그리스어로 말했다.

게다가 레오라고 하지 않았다.

레오니다스라고 했다.

나마스떼,

레오

20

오늘의 자세: 메뚜기 자세

아기 후굴 자세라고도 한다. 간단해 보이지만 실제로는 아주 복잡한 자세다. 사실 나는 복잡한 자세를 좋아한다. 왜냐하면 내키지도 않는데 몸과 마음을, 심지어 마음의 눈을 열 걱정을 덜어도 되기 때문이다. 메뚜기 자세는 일단 쉽다. 바닥에 배를 대고 가만히 엎드려서 양팔은 상체 옆에 둔다.

이어서 애나벨의 한마디에 내 자세는 위기를 맞는다.

"엉덩이에 힘을 줘서 치골을 향해 꼬리뼈를 미세요."

나는 웬만하면 치골이란 단어를 다시는 안 듣고 싶다.

머리, 상체, 팔, 다리를 바닥에서 띄우고 아래쪽 갈비뼈와 복부, 골반으로 버틴다. 엉덩이를 단단히 조인다.

목을 곧게 펴고 턱을 살짝 안으로 당긴다.

그대로 30초 동안 자세를 유지한다.

살다 보면 우주가 응답하는 순간이 온다.

나는 그 순간이 걸음마를 뗄 때와 비슷하다고 생각한다. 그 시절을 기억하는 건 아니지만.

시작은 요가였다. 나는 요가를 배우기 시작한 이래 수업 시작부터 끝까지 스스로 해낸 적 없다. 누군가 한 번씩 자세를 고쳐 줬으니까.

오늘도 그러려니 했다.

나무 자세를 할 때였다. 보통은 애나벨이 달려와 내가 발을 허벅지 안으로 끌어 올리도록 돕는데, 이번에는 다가오다 말고 내가 스스로 하는 모습을 지켜보고만 있었다.

몇 분 뒤 까마귀 자세를 할 때도 그랬다.

그다음 물구나무서기에서도.

"발을 차올려 거꾸로 섭니다."

애나벨이 말했다. 보통은 바닥에 쿵 떨어지는 게 예정된 수순이다. 하지만 오늘은 아니었다.

발을 차올려 두 다리를 공중에 띄웠다. 잠시 온몸이 보드처럼 곧게 펴졌다. 모든 근육이 자기 자리에 달칵 들어맞더니, 곧 허리를 말아 내려오면서 달칵 풀렸다.

똑바로 일어나자 애나벨이 웃고 있었다. 다른 사람들도 미소를 보냈다. 내가 쓰러지지 않았다는 걸 다들 알아본 것이다. 나도 웃지 않을 수 없었다.

우주는 거기서 멈추지 않았다. 심지어 독립 기념일 행사에서도 신호를 보냈다.

이제껏 3월 25일이 즐거웠던 적은 한 번도 없다.

오늘은 아니었다.

독립 기념일은 할머니가 가장 중요하게 여겼던 축일이다. 부활절도 중요했지만 그날은 예수와 붉은 달걀(그리스 정교회는 부활절에 예수의 피를 상징하는 붉은색으로 달걀을 칠하는 전통이 있다: 옮긴이)이 주가 되는 날이고, 독립 기념일은 그리스의 날이니까.

할머니는 그리스를 몹시 그리워했다. 고향에 갔다가 돌아오면 한동안 우울해했다. 참고로 우리는 모두 그리스를 고향이라고 부른다. 나는 한 번도 그곳에서 살아 본 적 없지만.

아무튼, 할머니는 고향을 그리워하면서도 내 앞에서 크게 넋두리하지는 않았다. 아마 우리랑 사는 걸 후회하는 기색을 내비치기 싫어서였을 거다. 하지만 독립 기념일에는 유독 티가 났다. 뿌리를 향한 갈망과 슬픔이 드러났다. 할머니는 향수병을 앓았지만 우리가 여기서 할머니를 필요로 하는 한 돌아갈 수 없다는 걸 알았다. 그리고 우리에게 할머니가 필요한 건 누가 봐도 뻔했다.

오늘은 할머니 없이 처음 맞는 3월 25일이자 내 생애 최고의 3월 25일이었다. 이렇게 말하면 할머니가 섭섭해할 수도 있지만 자초지종을 알면 아마 이해했을 거다.

아빠와 나는 평소처럼 교회에 가서 미사를 드렸다. 나란히 앉아 아무 말 없이. 이비도 자기 부모님과 함께 있었다. 그들은 다른 그리스계 가족들과 인사를 나누느라 바빴다.

"레오."

이비가 불렀다. 이비는 머리부터 발끝까지 전통 의상 차림이었다. 소매가 풍성한 블라우스와 검붉은색 치마에 흰 앞치마를 두르고 두건을 썼다. 뭔가 자유로운 분위기가 흘렀다. 나는 씩 웃었다.

"같이 춤추자."

이비의 말에 내 입꼬리가 약간 떨렸다.

"안 그래도 돼."

나는 변명거리로 뒤쪽에 세워 둔 카메라를 가리켰다.

"춤추자, 응?"

이비가 손을 잡아끌었다.

춤이 두려운 것은 스텝을 잘 몰라서였다. 어떻게 앞으로 나아가는지, 대열에서 벗어나면 어떻게 돌아가야 하는지도 몰랐지만 이비는 이미 나를 이끌고 스텝을 밟고 있었다. 그래서 내가 그룹에 속해 있다고는 할 수 없을지라도 이비와 함께 춤을 출 수는 있다는 건 알았다. 이비의 자신감은 전염되었다.

그 순간 우리는 그리스인이었다. 우리는 조상들처럼 춤

추고, 조상들처럼 먹었다. 양고기와 감자로 실컷 배를 채우고 목청껏 떠들었다. 누가 보면 싸우는 줄 알았을지도 모르겠다.

모든 게 평화로웠다. 이런 축제에서 툭하면 나를 덮치던 불안감도 느껴지지 않았다. 어쩌면 내 안에 숨죽여 도사리고 있다가 한꺼번에 폭발할지도 모르지만, 딱히 신경 쓰이지 않았다. 무언가와 연결되어 있다고 느꼈으니까.

이비와 나는 밖으로 나갔다. 야외는 아직 한산했다. 이비는 내가 몇 주 전에 알았던 사람 같지 않았다. 나 역시 그때의 내가 아닌 것 같았다.

"이제 사진도 다 찍었고, 포스팅만 하면 되니까 더 이상 내 도움은 필요 없겠네."

내가 이비를 보며 말했다.

"맞아. 이제 네 도움은 필요 없어."

이비는 커다란 천막 주위로 줄지어 늘어선 그리스 국기들을 올려다보았다. 천막 안에는 몇 시간 전에 세워진 공연용 무대가 있었다.

"그나저나 네가 준 사진들 정말 완벽하더라. 딱…… 내가 필요했던 것들이야."

왠지 위축된 말투였다. 그때 산들바람이 불어와 깃발들이 일제히 나부꼈다.

"저번에 네가 한 말 있잖아, 내가 파티에 끌고 가서 억지로―."

"아, 괜찮아. 나도 이제 신경 안 써."

"네가 마음에 없는 키스는 하지 말라고 했지."

이비가 머리에서 두건을 끌어 내렸다.

나는 아무 말도 하지 않고 눈만 뜨고 있었다. 이비가 고개를 기울이며 다가와 입술을 지그시 겹칠 때까지.

이번에는 진짜 입맞춤이었다.

보여 주기식이 아니었다.

3월 25일에 이비와 입 맞추다니.

이번엔 우주가 나에게 정말로 응답했다.

나마스떼,

레오

21

애나벨이 요가 수련회에 가서 휴강.

~eee~

드레이크의 문자로 잠에서 깨는 게 일상이 되었다.

> 너 혹시 이비한테 키스했냐?!

아니.

> 내 직감이 그렇게 말하는데.

이비가 나한테 했어.

누가 먼저 했든, 야, 대박이다.
어쩌다 그렇게 된 거야?

나도 모르겠어.

오늘 밤 해변 캠프파이어에서 얘기해 줘.

아. 나도 거기 가는 거야?

이비가 너 데려온다던데. 작은
파티야. 그냥 우리 농구팀이랑,
젠네 수학 경시대회 애들이랑,
이비네 체육관 사람들이랑 가
까운 친구들 스무 명쯤?

　

나는 인상을 찌푸렸다가 이비의 문자를 받고 곧바로 웃
었다.

그날 저녁, 우리는 약하게 바람이 부는 모래톱을 자박자
박 걸어 캠프파이어 장소로 갔다.
"나 말고 얀 바밍에 대해 아는 사람 있어?"
내가 물었다.
"이제 다들 알지."
이비가 대답했다.
"포스팅했어?!"
"제일 맘에 드는 사진 세 장 골라서 올렸어."

"반응이 어떨지 궁금하네."

내 말에 이비가 씩 웃었다.

"오늘 아침부터 좋아요 수가 2천 개가 넘었어. 그리고 네 애처로운 계정도 태그했어. 게시물이 스무 개는 되니? 업로드 좀 해라."

'좋아요'를 2천 개나 받았다니.

캠프파이어 장소에 도착하자 드레이크가 모닥불에 땔감을 던져 넣고 있었다. 나는 사람들 틈에서 혼자 핸드폰을 들여다보고 싶은 유혹을 뿌리치려고 음료가 든 컵을 손에서 놓지 않았다.

일부러 카메라도 두고 왔는데 도착하자마자 후회했다. 모닥불이 장관이었기 때문이다. 노랑, 주황, 빨강으로 맹렬히 타오르는 불길, 그리고 드레이크가 화물용 깔판 조각(아마 태우면 안 될 것)을 던지며 일으킨 보라색 불꽃까지. 나는 머릿속으로 사진을 찍고, 사람들이 저마다 무엇을 하는지 관찰했다. 소속감과 편안함에 집중하려고 노력했다.

카메라로는 포착하지 못할 것들을 눈에 담았다.

"사진 그만 찍어."

이비가 웃으며 말했다.

"그렇게 티 났어?"

우리는 불에서 조금 떨어진 벤치로 가서 앉았다. 그나마 야외라서 다행이었다. 다들 먹고, 마시고, 끼리끼리 떠들었다. 시끄러웠지만 짜증 날 정도는 아니었다. 마치 우리 목소리가 파도에 부딪치는 느낌이랄까, 썩 나쁘지 않았다. 사람들로 북적이는 저녁을 좋아하지는 않지만, 파도는 백색 소음이니까.

그때 드레이크가 다가와 내 옆에 섰다. 녀석답지 않게 진지한 표정으로.

"도가 지나쳤어, 이비."

드레이크는 언제나처럼 한시도 몸을 쉬지 않았다. 우리한테 말을 걸면서 장작을 들고 앉았다 일어서기를 반복했다.

"내가 말했잖아. 조던은 쓰레기라고. 열받으면 더 지저분하게 구는 놈이야."

"알아. 근데 안 무서워."

이비가 대꾸했다. 드레이크는 초조한 기색이었고, 그래서인지 처음으로 조금 작아 보였다.

"네가 그놈을 몰라서 그래."

"아니, 네가 모르는 거야. 그 자식은 소름 끼치는 놈이야. 그 사진들을 보고도 아무 말 안 한다는 건 놈이 겁을 먹었다는 뜻이야. 지가 뭔 짓을 했는지 알고 있으니까."

드레이크가 고개를 가로저으며 뭐라고 말하려는데 젠이 녀석을 쿡 찌르며 땔감이 더 필요하다고 했다. 드레이크는 이비에게 다시 한번 심각한 표정을 지어 보이더니 장작을 더 가지러 차로 달려갔다.

늦은 저녁이었지만 여자들은 혹시 물놀이를 할까 봐 옷 안에 수영복을 입었고, 남자들은 모두 반바지 차림이었다. 하지만 바닷바람이 거세지자 다들 긴소매 옷을 껴입었다. 육상팀 몇몇은 내가 만든 비니까지 썼다.

젠은 드레이크의 가방을 옆에 끼고 접이식 선베드에 앉아 있었고, 농구팀은 모래 위에 담요를 펼치고 아이스박스로 고정해 놓았다. 누군가는 모닥불 가까이 둔 바람에 귀퉁이가 녹아내린 고무보트를 끌어다가 앉았고, 누군가는 포장한 부리토를 하나씩 나눠 주고 있었다.

마치 히피족이 해변에서 야영하는 듯한 자유로운 분위기가 좋았다. 하지만 그 느낌은 조던과 수구팀 다섯 명이 나타났을 때 깨졌다.

주변이 잠잠해졌다.

심지어 파도 소리도 잦아들었다.

"그딴 사진으로 장난치는 게 재밌다고 생각했나 봐?"

조던이 말하자 이비가 입을 열었다.

"사실 나는—."

"너한테 말한 거 아니거든."

조던은 차갑게 쏘아붙이고 나를 향해 눈을 부라렸다.

"어? 재밌다고 생각했냐?"

"난— 그건 재미로 한 게 아니야."

내가 말했다.

"그딴 걸 찍으면 네가 뭐라도 된 것 같디?"

나는 모든 사람의 시선이 날 중력처럼 내리누르는 걸 느끼며 일어났다. 갑자기 뇌가 얼어붙었는지 말이 안 나왔다. 놈이 데려온 애들은 덩치가 컸고, 놈의 뒤를 든든히 지키고 있었다. 다들 사냥감을 보는 눈으로 날 노려봤다.

평소 불안 증세를 겪을 때와 느낌이 달랐다. 입안에서 이상한 맛이 나고 귓속이 기묘하게 윙윙거렸다. 터무니없게도 그 반응은 내가 이 상황을 어떻게든 해결하리라는 암시처럼 다가왔다. 심지어 갑작스러운 타격에도 통증이 느껴지지 않았다.

이비가 조던에게 그만두라고 소리 질렀다. 놈의 떨거지들은 우리를 빈틈없이 둘러쌌다. 모르긴 몰라도 해변에 있는 다른 사람들의 시선을 차단하려는 듯했다.

나는 일어서려고 했지만 숨이 턱 막혔다. 갑자기 얼굴이 모래에 처박혔고, 입안에 피 맛이 났다. 키득거림이 여기저기서 내리꽂혔다. 젠과 이비가 말리는 소리도 들렸다.

나는 땅바닥에서 몸을 밀어내듯 떼고 얼굴의 모래를 털었다. 마침 시야에 들어온 조던이 또다시 달려들었다. 바로 그 순간, 땅속에 발을 뿌리내리라는 애나벨의 목소리가 들렸다. 주먹을 쥘 때 엄지를 빼고 쥐라는 드레이크의 목소리도. 하지만 두 조언 모두 그 순간에 딱히 도움이 될 것 같지는 않았다.

나는 놈의 추진력을 이용해야 했다. 몸을 돌려 놈의 주먹을 피하면서 무릎 뒤쪽을 걷어찼더니 놈이 모래 위로 고꾸라졌다. 당황한 표정도 잠시, 놈은 태세를 회복하고 벌떡 일어나 내 광대뼈에 주먹을 갈겼다.

와, 진짜, 빌어먹게 아팠다. 얼굴에 불이 붙은 것 같았다. 그나마 놈이 팔을 뒤로 빼고 또다시 주먹을 날리려고 했을 때 가까스로 막을 수 있었다. 양손을 계속 얼굴 가까이 두라는 드레이크의 말이 귓가에 들리는 듯했다.

그리고 보니 수구팀이 만든 인간 울타리 너머로 드레이크가 보였다. 드레이크는 진짜로 조언을 외치고 있었다.

조던은 얼굴이 붉으락푸르락했고 움직임에 조바심이 묻어났다. 아마 내가 생각처럼 쉽게 뻗지 않아서 열이 받은 모양이었다. 더군다나 관중 앞에서 싸우고 있었으니까.

나는 무릎을 구부리고 양손을 눈앞에 두었다. 말하자면 변형된 전사 자세였다. 조던이 다시 돌진했을 때, 나는 놈의 턱을 올려 치기에 완벽한 위치에 있었다.

실제로 내 주먹이 꽂혀 들었고, 놈은 중심을 잃고 커다란 파란색 아이스박스에 처박혔다. 아까 드레이크가 자기 차에서 꺼내 둔 것이었다.

조던은 재빨리 몸을 일으켰다. 그리 화려한 싸움도 아니었고 입안에서는 여전히 피 맛이 났지만, 적어도 나는 스스로를 방어했다. 놈은 입술이 피투성이였고 나는 두 발로 서 있었다.

나는 요가가 내게 준 평정을 끌어모으다가 그냥 내팽개
쳤다.

"너 같은 놈한테는 이비가 아까워."

내가 모래에 피를 퉤 뱉고 말했다.

조던은 나한테서 시선을 거두고 이비를 똑바로 보며 말
했다.

"넌 나한테 뭣도 아니었어."

그러고는 자기 친구들과 함께 발걸음을 돌렸다.

"가자."

이비는 옷가지를 챙겨 들고 내 팔짱을 끼고 부축하며
자기 차로 데려갔다. 드레이크와 젠이 우리를 따라왔다. 가
만 보니 드레이크는 웃음을 참고 있었다.

"괜찮아?"

이비가 걱정스럽게 물었다.

"어, 괜찮아."

"피나는데."

"전사처럼!"

드레이크가 끼어들며 소리쳤다.

"좀."

젠이 남자 친구를 눈빛으로 타박했다.

"끝내줬어."

드레이크가 속삭였다.

이비는 내 안전띠까지 매 준 뒤 차를 출발시켰다.

"그놈이 너한테 싸움을 걸 줄은 몰랐어. 정말 미안해."

"미안해할 필요 없어."

"왜?"

"그럴 만한 가치가 있었으니까."

이비는 아무 말도 안 했지만 날 집에 데려다주는 동안 내 손을 잡고 있었다.

"미안."

"괜찮다니까. 얼굴에 상처 하나쯤 있으면 좀 멋질 거 같지 않아?"

이비는 내 손을 꽉 쥐었다.

나마스떼,

레오

22

오늘의 자세 : 스핑크스 자세

피라미드를 지키는 스핑크스인 척한다. 끝.

~~~

역시 드레이크의 문자로 아침을 시작했다.

> 어제 정말 죽여줬어.
> 이따 집으로 데리러 가마.

그런데 한참을 기다려도 이비의 문자가 없었다. 이상했다. 그래서 내가 먼저 보내 봤다.

답이 없었다.

어젯밤엔 아빠가 집에 없어서 자고 일어날 때까지 내 얼굴이 왜 이 모양인지 설명할 필요가 없었다. 아침에 보여 줬을 때도 싱겁게 넘어갔다.

"누가 시비를 걸어서요."

"맞서 싸웠냐?"

"네."

내 대답에 아빠는 장하다는 듯이 고개를 끄덕였고, 그게 끝이었다.

오후에 날 데리러 온 드레이크의 차에 가방을 던지고 올라타자, 녀석은 어젯밤 싸움에 대해 쉬지 않고 떠들었다. 내 자세가 어땠고 눈빛이 어땠는지. 나는 대답하는 둥 마는 둥 했다.

체육관에 도착해서 나는 곧장 카운터로 갔다. 이비는 방 금까지 운 듯한 얼굴이었다. 만약 내 뒤에 기다리는 사람들 만 없었다면…….

"저기."

"나중에."

그래서 무슨 일인지 물어볼 수도 없었다. 할 말이 따로 있는 것도 아니었다. 어쩔 수 없이 요가 수업 끝나고 말을 걸

기로 했다.

　오늘도 물구나무서기를 했다. 반년 전에는 엄두도 안 났던 일인데, 조만간 손바닥으로 걸어 다닐 수도 있을 것 같다.

　하지만 이비의 얼굴이 자꾸 떠올라 좀처럼 집중하기 어려웠다.

　이비는 울고 있었다. 분명히 울고 있었다.

　나마스떼,
　레오

23

어제 요가 수업을 마치고 나왔을 때 이비는 없었다. 그리고 오늘은 일을 나오지 않았다. 헤드밴드를 찬 남자가 내 회원 카드를 긁었다. 문자를 보냈지만 여전히 답이 없었다.

드레이크가 그 이유를 말해 줬다.

"그럴 줄 알았어. 조던은 자기 이미지에 엄청 신경 쓰는 놈이거든. 서류상으로도 흠잡을 데 없지. 좋은 시험 점수, 좋은 운동 성적. 대학을 두 개나 붙었는데 조기 합격까지 했으니까. 근데 알고 보면 뒤가 구린 놈이잖아. 이비는 조던 패거리가 어떻게 노는지 너무 늦게 알았어. 그놈들은 자기 여자 친구를 공주처럼 떠받들다가 수틀리면 바로 내팽개치고 개망신을 주지. 소시오패스 집단 같다니깐. 심지어 난 그놈이 지나갈 때 개가 꼬리를 말고 뒷걸음질 치는 것도 봤어."

드레이크는 충분히 설명했다는 듯이 몸을 뒤로 젖혔다.

"알겠는데, 그래서 이비가 왜 운 거냐고."

내가 말했다.

"걔가 사진을 갖고 있거든."

"사진?"

"이비 사진."

"어떤 사진이길래?"

내가 한껏 멍청한 표정을 짓고 있자 드레이크가 내 어깨에 손을 올리고 답답하다는 듯 한숨을 깊이 내쉬었다.

"웬만하면 남한테 안 보여 주고 싶은, 아주 사적인 사진."

몸 안에 들어 있던 공기가 싹 빠져나가는 느낌이 들었다. 나는 이비에게 또다시 문자를 보냈다.

> 어디야? 얘기 좀 할 수 있어?

나는 답장을 기다렸다. 오늘도 물구나무서기를 완벽하게 해냈다. 하지만 아무런 감흥이 없었다.

나마스떼,
레오

24

오늘의 자세: 카맛카라사나
또는 와일드 씽 자세

카맛카라사나를 시적으로 표현하면 '황홀하게 펼쳐지는 마음'이라고 한다.

하지만 나에게 이 자세는 '도움이 필요한 뒤집힌 거북'이다.

제대로 설명할 수도 없다. 몸을 뒤집어 아치형으로 만든 뒤, 내가 볼 수는 없으나 분명 그 자리에 있을 무언가를 향해 손을 뻗는 자세라고 할까.

ele

내가 망쳐 버렸다. 망친 걸 알지만 지금으로서는 수습할 방법이 없다. 이비는 내 사과를 받아 줄 생각이 없는 듯하다. 문자도 전화도 답하지 않는다.

학교에 뭔가 쉬쉬하는 분위기가 흘렀다. 드레이크에게 듣기로 조던이 자기 팀 몇몇과 그 사진을 같이 본 모양이었다. 그러고 보니 수구팀 남자애들이 핸드폰을 들여다보며 사악하게 웃는 걸 본 기억이 있다. 모르긴 몰라도 완벽한 조롱거리를 볼 때의 웃음이었다.

그리고 지금 나는 인연의 실이 풀리고 있다는 걸 믿을 수 없다.

이비에게 다른 말을 할 수도 있었다.

지지해 주거나 위로해 줄 수 있었다.

근데 그러지 않았다.

내 마지막 문자 이후 체육관에서 만났을 때였다.

"사귈 때 걔가 찍은 사진이야."

이비가 말했다.

내 입에서 나온 첫마디는 이거였다.

"왜 그런 사진을 찍은 거야?"

이미 뱉은 말을 주워 담을 수도 없었다.

"나는 찍는 줄도 몰랐어."

이비의 목소리는 아주 작고 연약했다. 전혀 이비답지 않았다.

그리고 그 말을 할 때의 얼굴. 상처, 당혹스러움, 배신
감. 마치 내가 이비의 치부를 또 한 번 들춘 것 같았다. 내가
문제의 하나가 된 것 같았다. 5초쯤 지나서야 내 입에서 무
슨 말이 나왔는지 알았고, 뒤늦게 수습하려 했다. 하지만 내
손이 닿자 이비는 화상을 입은 것처럼 팔을 홱 치웠다.

　　"건드리지 마, 레오."

　　이비는 이미 체육관 출구로 달려가고 있었다.

　　젠도 한마디 얹었다. 젠은 만나자마자 내가 조던만큼 나
쁘다고 했다.

　　"개새끼는 따로 있는데 피해자를 비난하다니. 장하다,
레오. 아주 장해."

　　젠도 마찬가지로 뒤도 안 돌아보고 떠났다.

　　나는 이제 체육관으로 돌아가고 싶지 않다. 요가도 도움
이 안 될 것 같다. 뇌리에 박힌 이비의 표정 말고 다른 데 집
중할 수 있을지 모르겠다.

　　왜 그런 사진을 찍은 거야?

　　오늘 요가는 때려치우자.

25

오늘의 자세 : 아기 자세

무릎을 꿇고 앉아 이마를 매트에 대고, 양팔은 몸 옆에 가지런히 둔다.

휴식이 필요할 때마다 되풀이하는 자세이자 방을 떠나고 싶지 않게 만드는 자세다.

가끔은 나 좀 살려 달라는 소리 없는 표현일 때도 있다.

오늘은 후자였다.

역시 다들 이해해 주었다.

ele

몸이 안 좋았다.

수업 시간에 아기 자세로 좀 쉬겠다고 말했는데, 그대로 일어나지 못했다.

한 시간 뒤에 겨우 몸을 일으켰을 때, 애나벨과 나머지 사람들이 내 주위로 반원을 그리고 앉아 있었다. 마치 바깥 세상으로부터 날 보호하듯이.

뻘쭘했지만, 그냥 고맙게 여기기로 했다.

나마스떼,
레오

26

오늘의 자세 : 비둘기 자세

가슴을 쭉 내민 비둘기와 비슷하다고 해서 붙여진 이름이다.

팔굽혀펴기 자세에서 왼쪽 무릎을 어깨 아래까지 끌어와 왼쪽 뒤꿈치가 오른쪽 골반에 닿도록 바닥에 뉘며 앉는다.

그대로 가슴을 내밀고 상체를 곧게 세운다.

애나벨이 말한다.

"배꼽을 척추까지 당기고 골반저근을 조이세요."

나는 배꼽을 어떻게 움직이는지, 골반저근이 어딘지를 모른다.

자꾸만 속이 메슥거리고 입안에서 신맛이 느껴진다.

가장 기분 나쁜 건 사진 자체가 아니다. 찍히기 전의 순간이다. 이비가 안전하다고 생각해 옷을 벗었으나 그렇지 않았던 순간. 이비가 믿었던, 심지어 애정을 주었던 그놈은 그 순간을 소중히 여기지 않고 농담거리로 만들려고 몰래 사진을 찍었다.

아니, 그건 농담이 아니다. 더 최악이다.

나도 사진을 찍는다. 사진에 담긴 정직함, 완결성, 감정을 사랑한다. 말로 표현할 수 없는 것들을 사진으로는 할 수 있다. 보는 것만으로 완벽하게 이해할 수 있다. 사진은 고유의 언어를 지녔다. 그래서 사진 한 장이 천 마디 말을 전한다고들 하는 것이다. 때로는 천 마디 말보다 낫다. 그러나 때로는 만 마디 말보다 나쁘다. 약간의 설명과 이해가 없다면.

나는 드레이크에게 이비가 나를 싫어하며 다시는 나와 말을 섞지 않을 것 같다고 했다.

드레이크는 고개를 가로저었다.

"언젠가 돌아올 거야. 지금은 너무 화가 나서 그래. 분노와 상처를 동시에 삭이고 있을 테니까. 근데 나 제대로 하는 거 맞아?"

드레이크가 헝클어진 실뭉치를 들고 물었다. 드레이크와 나는 오래전에 갈등을 해결했지만 여전히 생활지도실에서 함께 시간을 보낸다. 토머스 선생님은 앙숙 같던 두 청소

년을 한방에 가두고 지켜본 작은 관찰 실험이 성공을 거둔 것처럼 우쭐한 기색이 역력하다. 조만간 본인의 성공기를 다룬 영화를 찍으려 들지도 모른다.

아무튼 드레이크는 그 시간에 여전히 뜨개질을 배우고 있다. 다만 손은 그 일을 하고 싶어 하는데 엉덩이가 가만히 있지 못해서 한 번씩 벌떡 일어났고, 그때마다 작업의 리듬을 잃었다. 그래서 나는 녀석에게 거대한 코바늘과 엄청 두꺼운 실을 주었다. 원래 섬세한 작업일수록 집중하기 어려우니까. 마침내 한 시간 만에 드레이크는 그래니 스퀘어 한 조각을 완성했다.

생활지도실 문은 활짝 열려 있었는데, 드레이크의 농구팀 동료 샘이 지나가다 우릴 보고 멈칫했다. 정확히는 대바늘과 코바늘과 큼직한 실뭉치들에 둘러싸인 우리를. 샘의 입이 막 박장대소를 터뜨리려고 벌어질 때였다.

드레이크가 벼락같이 외쳤다.

"꺼져, 새끼야! 나 이 패턴 코 세다가 놓치면 너 뒤진다."

토머스 선생님은 불량한 언행을 눈감아 주었다.

나는 피식 웃었고, 드레이크는 의자 등받이에 털썩 등을 기대어 머리를 흔들었다.

"어쨌든, 이비는 널 싫어하는 게 아니야. 지금 상황이 걷잡을 수 없어서 그래. 이비도 힘들겠지."

"그 사진을 본 애들이 확실히 있는 거지?"

말만으로도 몸이 절로 움츠러들었다.

"조던이 그렇다고 했으니까 아마도. 개자식이라니까."

"우리가 할 수 있는 게 없을까?"

"뭐, 한 판 붙게? 완전 가능하지. 캠프파이어 때는 그냥 몸풀기였고."

"아니, 폭력은 안 쓰고."

"아, 그럼 없어."

나마스떼,

레오

27

오늘의 자세 : 의자 자세

양발을 모으고 양팔을 높이 뻗는다. 그대로 무릎을 구부려 의자에 앉는다고 상상한다.

상상만 한다. 실제로 앉다가는 엉덩방아를 찧을 테니까.

그렇게 팔을 든 채 허공에 서지도 앉지도 않고 머문다.

요가에 흔치 않은 어정쩡한 자세다.

~~~

요가 지도자 자격증을 따기까지 딱 일주일 남았는데, 오늘이 내 마지막 수업이다. 약 10분 전에 아빠가 알아냈기 때문이다.

드레이크가 미리 문자로 경고했다. 호신술 수업에서 청

소년 수강생 부모들에게 시범 초청장을 보냈다고. 다만 나는 그 문자를 너무 늦게 봤다. 시범 예정 시간이 정규 수업 전이라서 아빠는 내가 이미 거기 있을 거라고 생각하고 체육관으로 향했다.

도착한 아빠가 드레이크의 새아빠에게 다가가 자기소개를 했고, 아저씨는 내가 누군지 모른다고 말했다. 그게 다였다.

그렇게 화가 난 아빠는 처음 봤다. 쥐었다 폈다 하는 주먹 사이로 분노가 뿜어져 나왔다. 실망이 너무 커서 말도 안 나오는 듯했다. 방금 요가실 앞에서 마주쳤을 때 실제로 분노와 실망이 아빠를 질식시키고 있었다.

아빠는 그저 날 빤히 바라보다가 발걸음을 돌렸다. 어쨌거나 나는 수업에 들어가기로 했다. 어차피 선택지는 그리스식 분노가 뭉게뭉게 피어오르는 집으로 돌아가거나 마지막으로 요가 수업을 받거나 둘 중 하나였으니까.

그래서 내가 지금 여기 와 있는 거다.

나도 이상한 거 안다.

드레이크한테 듣기로 아빠는 호신술 시범 중인 방을 나가 카운터에서 환불을 요구했다. 끝내 실패하자 그리스어로 뭐라고 중얼거린 뒤 요가실 앞에 우두커니 서 있었다고 한다. 눈 한번 깜빡이지 않고.

드레이크는 자기가 뭐라도 도와줄 게 있냐고 물었다. 처음 받아 보는 질문이었다. 자기가 어떻게든 도와줄 수 있겠냐고. 나는 그냥 고개를 저은 것 같다.

고맙다고 말했나? 솔직히 기억도 안 난다.

이비는 여전히 감감무소식이다. 문자 답장도 없고 학교에도 나오지 않았다.

나마스떼,
레오

에르무 아저씨께

제가 레오를 때린 그 녀석이에요. 저 때문에 아저씨가 레오를 전투 훈련 수업에 등록시키셨죠. 전투 호신술이 정확한 명칭이지만 제 새아빠는 그렇게 안 불러요. 여자들이 들을 수업 같다나? 그게 무슨 상관인지 모르겠지만 새아빠한테는 중요한가 봐요.

아저씨 집에 몇 번 갔었는데, 저 기억하시죠? 레오는 아저씨한테 제가 학교에서 자길 때린 녀석이란 얘기를 안 한 것 같더라고요.

아무튼, 안녕하세요?

새삼스럽지만 이렇게라도 인사를 하는 건 제가 레오랑 정말로 친해졌기 때문이에요. 그 주먹질 사건 이후에 레오가 좋은 녀석인 걸 알았거든요. 제가 때려 놓고 이런 말 하기가 좀 뭣하지만, 사실이에요.

레오가 아저씨한테 거짓말한 거 알아요. 단단히 잘못했죠. 하지만 걔가 혼자 뜨개질하고 비밀 요가 수업이나 받는 별종은 아니에요. 아니, 그런 애가 맞긴 맞는데, 좋은 애이기도 해요. 레오는 아저씨를 실망시키기 싫어서 거짓말한 거예요.

제 생각엔, 오해하지 말고 읽으세요. 레오는 모든 것을 느끼는 것 같아요. 그러니까, 부정적인 기운들을 남들과 달리 아주 빡세게요. 그건 쉬운 일이 아니죠. 저도 가끔 그래서 기분이 엿 같을 때가 있는데, 그런 기분을 평소에도 계속 느낀다면 엄청 힘들 거예요.

그래서 어쩌라는 건지 궁금하시겠지만, 실은 아저씨가 체육관에서 레오의 요가 수업을 취소시키려 하는 걸 들었어요. 그러니까 제가 하고 싶은 말은…… 이제 레오의 친구로서 저는 그때 주먹질한 걸 정말 후회해요.

레오가 사진 찍는 거 아시죠? 사진들이 정말 좋더라고요. 친구라서 괜히 하는 말이 아니라 정말로요. 제 친구 중에 노래하는 애가 있는데 들을 때마다 진짜 구리거든요? 그래서 마음에도 없는 칭찬을 해야 하죠. 어차피 전 거짓말을 워낙 못해서 칭찬처럼 안 들릴 수도 있지만, 적어도 레오에게는 거짓말할 필요가 없어요.

진심으로 레오는 괜찮은, 어쩌면 훌륭한 예술가예요. 제가 이렇게 말하면 좀 더 신빙성이 있지 않나

요? 아무래도 전 레오에게 주먹을 날린 녀석이니까요. 지금은 진심 후회하지만요.

레오는 뜨개질도 수준급이에요. 제 뜨개질 선생님이죠. 아저씨한테는 별로 중요하지 않겠지만요. 그래서 하는 말인데, 레오를 요가 지도자과정에서 빼는 건 좀 너무한 것 같아요. 그것도 자격증을 따기 직전에.

그 자격증이 있으면 레오는 어딜 가든 요가를 가르칠 수 있어요. 돈도 벌 수 있고요. 아마 아저씨는 레오가 아저씨 같은 통역가나 변호사나 직업 군인이나 그 밖에 남자들이 좋아할 만한 직업을 갖기를 원하시겠지만, 레오는 그런 일을 하며 행복할 순 없을 거예요.

두서없는 편지 이만 줄일게요. 읽지도 않고 버리실지도 모르겠네요. 하지만 저는 친구로서 이렇게라도 하고 싶어요.

레오를 때려서 다시 한번 죄송해요.

앞으로는 그럴 일 없을 거예요.

드레이크 드림

28

아빠는 여전히 화가 나 있다. 툭하면 문을 쾅 닫는 유령과 동거하는 느낌이다. 하지만 그게 다다. 분노의 소음. 그외에는 평소처럼 조용하다.

지금은 새벽 네 시다. 일주일 전에 요가를 그만둔 뒤로 수면 주기가 들쭉날쭉하다. 가슴이 쉬지 않고 뜀박질을 하기 때문이다.

불면증은 괴롭다. 하지만 목도리를 두 개나 완성했으니 적어도 생산적인 괴로움이다. 몇 달 전만 해도 뭐든 혼자서 했는데 지금은 확실히 선택의 여지가 없다. 혼자 있음이 외로움으로 변하는 속도가 이렇게 빠를 줄이야.

아빠는 요 며칠 아테네에서 이민 온 노부부를 위해 복잡한 서류들을 번역하느라 밤늦게 들어온다. 드레이크는 자주 만나지만 곧 치를 수학 시험에 온 정신이 팔린 상태다. 이번에도 망치면 농구팀을 나와야 한단다.

그리고 분노에 찬 읽썹과 학교에서 가끔 마주칠 때 짓는 표정을 보면 이비는 아직 나하고 말을 섞을 생각이 없는 것 같다.

> 나야. 미안해. 얘기 좀 할래?
>
> 또 나야. 정말 미안해.
>
> 미안해 × 무한대

마음에 드는 사진들을 인화해서 할머니 방바닥에 펼쳐 놓고 살펴봤다. 이비와 찍은 것들을 시간순으로 정리하는데 한 사진이 곧장 시선을 잡아끌었다. 이비가 나한테 가짜로 키스한 파티에서 젠이 찍어 준 사진.

이비의 인스타그램 포스팅은 '좋아요'를 수천 개 받았다.

사진 공모전 신청 마감일이 다가오지만 더는 욕심이 나지 않는다. 요새는 그저 푹 자고만 싶다. 주로 할머니 방 바닥에 앉아 아무렇지 않은 척하며 시간을 보낸다. 그 와중에 아빠가 그리스 친척과 통화하는 소리를 들었다. 드디어 날 사촌들에게 보내 정신 개조 훈련을 시키려는 모양이다. 난 말릴 의욕조차 없다. 내 살가죽 속으로 가라앉는 느낌이다.

그리고 보니 할머니를 마지막으로 보러 간 지 꽤 됐다.

이번 주에 한번 가서 말을 걸어 봐야겠다. 운이 좋다면 할머니가 대꾸할지도 모른다. 실은 안 그랬으면 한다. 놀라서 까무러칠 테니까.

난 그저 머릿속이 온갖 불안한 생각들로 넘쳐 날 때마다 할머니한테 말을 거는 게 익숙할 뿐이다. 요즘은 약의 도움을 받아 볼까 하는 생각도 자주 든다. 좀 더, 뭐랄까, 정상적으로 느낄 수 있도록. 아니, 정상까지는 바라지도 않는다. 그저 지금보다 조금이라도 나아질 수 있도록. 그나마 요가가 도움이 됐는데 이제 선택 사항도 아니니까.

문제는 아빠에게 기분이 나아지기 위해 약이 필요하다고 설명하는 일이다. 긍정적인 대답은 기대도 안 한다.

일단 샌드위치와 간식거리를 사 들고 묘지에 가서 할머니와 함께 먹어야겠다. 그래, 그게 덜 이상하겠지.

나마스떼,

레오

(이제 요가를 안 하니 나마스떼라는 인사를 안 해도 될 것 같은데, 왠지 안 하면 허전하다.)

안녕, 이비. 혹시 오늘 레오 봤어?

아니.

오늘 나랑 훈련하기로 했는데.

그건 내 알 바 아니고.

그냥 좀 늦나 보지.

너 걔가 늦는 거 봤어? 늦더라도 이 정도로 늦을 애는 아니야.

얼마나 늦었길래?

두 시간.

걔네 아빠한테 전화해 봐.

혹시 어디 길바닥에 쓰러져 있는 거 아냐? 늘 10분 일찍이 제시간이라고 생각하는 앤데.

내 문자에도 답장 없어.

걔네 아빠한테 물어보니까 카메라랑 뜨개질 가방도 두고 나갔대.

29

나는 꽤 주도면밀한 사람이다. 웬만하면 내 영역을 벗어나는 일이 없고, 일부러 누군가를 걱정시킨 적도 없다. 어제까지는.

몇 년 전에 할머니가 데려갔던 병원에 전화를 걸어 예약을 잡고, 의사를 만나 많은 얘기를 했다. 이비. 드레이크. 요가. 뜨개질까지. 상담 끝자락에 의사는 앞으로 주기적으로 병원에 오라고 했다. 그리고 처방전을 써 주면서 내가 각오는 했으나 직면하고 싶지 않았던 말을 덧붙였다.

"부모님 동의가 있어야 약을 지어 줄 거예요."

상담은 혼자 할 수 있지만 약을 타려면 아빠의 동의가 필요했다. 이번에는 아빠를 설득해 줄 할머니도 없었다. 어쨌든 물어보기는 해야 했다. 안 된다는 대답이 돌아오더라도.

안락의자에 앉아 핸드폰을 보는 아빠의 무릎에 처방전을 올려놨다. 아빠가 그걸 읽는 동안 나는 왜 그 약이 필요한지 설명하려고 심호흡을 하며 마음의 준비를 했다.

그런데 설명할 필요가 없었다.

"이게 필요하다고?"

아빠가 날 쳐다보며 물었다.

내가 고개를 끄덕이자 아빠는 동의란에 서명했다. 그리고 다시 날 봤는데 내가 예상한 표정과 사뭇 달랐다. 물론 대견함은 아니지만 확실히 수치스러워하는 것도 아니었다.

아마 대화를 하고 싶지 않아서라고 생각했다. 아빠는 대화를 피하려고 많은 일을 적당히 넘기곤 했으니까. 그런데 아빠가 이렇게 덧붙였다.

"도움이 되면 좋겠구나."

당황스러웠다. 고맙다고 중얼거리고서 집을 박차고 나왔다. 곧바로 약국에 들러 약을 타고 할머니를 보러 묘지로 향했다. 약을 몇 알 먹고 나니 차분하고 만족스럽고 평안해졌다. 점심으로 사 온 샌드위치를 먹고 배까지 부르니 천국에 온 것 같았다.

그동안 대체 뭘 기다린 걸까? 왜 약을 안 먹고 버텼을까? 뇌가 작은 원숭이로 변해 꽹과리를 치고 밧줄 위에서 칼로 저글링을 할 때까지?

나는 약사의 경고를 무시했다. 일단 집에서 약을 먹고

몸에 어떤 영향을 미치는지 확인해 보라고 했는데. 아무튼 나는 그대로 곯아떨어졌다. 장장 네 시간 동안.

나중에 확인해 보니 드레이크가 체육관에서 날 기다리다 걱정돼서 이비에게 연락한 모양이었다. 문자와 부재중 전화가 쌓여 있었다. 둘은 어쩔 줄 몰라 아빠에게까지 전화했다. 내가 학교, 집, 체육관 어디에도 없었으니까.

내가 어디 있는지 먼저 알아챈 사람은 아빠였다. 무덤 앞 벤치에서 눈을 떴을 때 아빠가 옆에 앉아 있었다.

"아빠?"

"레오."

아빠는 피곤해 보였다.

"마지막으로 여기 온 게 언제인지 기억도 안 난다."

아빠가 주위를 둘러보며 말했다.

"장례식 때 아니에요?"

내가 몸을 일으키며 물었다.

"아마도."

"전 가끔 와요."

"안다."

"어떻게요?"

나는 아빠가 내 행방을 신경 쓴다고 생각조차 해 본 적 없다. 아빠가 자기 핸드폰을 내밀었다. 화면 속에는 '레오'라고 표시된 작은 점이 있었다.

"위치 추적했어요?"

약간 소름 끼치면서도 감탄했다.

"핸드폰 가게에서 사용법을 알려 주더구나. 수시로 확인하는 건 아니고 그냥 비상용으로."

"그냥 저한테 물어보면 되잖아요."

아빠는 고개를 살짝 떨궜다.

"우리가 그리 친한 편은 아니지? 가족이라곤 둘뿐인데."

"아마도요."

침묵이 흘렀다. 하지만 상대가 아빠라 익숙했다.

잠시 후 아빠가 침묵을 깼다.

"호신술 수업은 왜 그만둔 거냐?"

"시작도 안 했어요. 덩치 큰 남자들이 치고받는 걸 보고서요. 근데 아빠가 또 실망할까 봐 솔직히 말 못 하고 그 시간대 요가 수업을 들었던 거예요."

"재밌더냐?"

"아뇨. 처음엔 끔찍했는데 하다 보니까 그냥……. 네, 재밌더라고요."

아빠는 고개를 끄덕였다.

"거짓말해서 죄송해요."

"집에 가자."

"아빠가 서명해 준 처방전 있잖아요, 흔한 부작용 중 하나가 잠이 오는 거래요. 그래서 곯아떨어진 거예요."

나는 아빠를 힐끔 보고 시선을 떨어뜨렸다.

아빠는 잠시 말이 없었다.

"난 수요일 밤마다 애도 상담을 받는다."

나는 고개를 쳐들고 아빠를 봤다.

"네 엄마가 떠났을 때만 해도 그저 사느라 바빴는데, 네 할머니까지 가고 나니…… 갑자기 모든 게 확 몰려오더라고. 혼자서는 감당이 안 되겠다 싶어서 전문가를 찾아갔지."

"일하러 가는 줄 알았어요."

"그래. 내심 그렇게 생각했으면 했다……. 나도 속여서 미안하다."

"이제 돌아갈까요?"

우리는 차로 걸어갔다. 더는 말이 없어도 답답하거나 거북하지 않았다. 뭔가 뚫린 기분이었다. 나는 대화 내내 할머니가 우리 곁에 앉아 있는 모습을 상상했다.

이비가 우리 집 진입로에서 기다리고 있었다. 아빠는 날 찾자마자 이비와 드레이크에게 문자를 보내 둔 상태였다. 그리고 나는 이비의 분노를 과소평가했다.

"이 빌어먹을 꼴통아!"

두 눈이 먼저 눈에 들어왔다. 음산하고 매섭지만 살짝 안심한 눈치였다. 아빠는 나를 남겨 두고 곧장 집 안으로 들어갔다.

"공동묘지에서 잠을 처자? 네가 어디로 증발했는지 걱정할 사람들한테 메모도, 메시지도 안 남기고 태평하게 누워 있었어? 대체 머리통에 뭐가 든 거야?"

이비는 소리를 질렀다. 남의 고함은 보통 내 아드레날린을 자극해 곰을 피해 달아나야 한다고 믿게 만든다. 그런데 이비의 고함은 뭔가 마음을 녹이는 구석이 있었다. 진심 어린 걱정. 그래서 기분이 좋았던 것도 같다. 불안하지 않았다. 아직 약 기운이 덜 가셔서 몽롱하기도 했고. 나는 여전히 노발대발하는 이비의 말을 끊었다.

"이비?"

"뭐!"

이비의 눈은 레이저 광선처럼 분노를 쏘아댔다. 온기라곤 전혀 없었다. 하지만 나는 이때가 기회란 걸 직감했다.

"미안해. 저번에 함부로 말한 거. 걔가 그 사진을 어떻게 가지고 있는지는 안 중요해. 설령 네가 줬다고 해도 네 잘못이 아니야. 그걸 이용한 놈이 개자식이지."

이비는 잠시 조용했다. 화를 마저 발산하고 싶은데 그럴 수 없는 눈치라서 웃음이 나올 것 같았다.

"걔가 그걸 어떻게 얻었는지는 사실 굉장히 중요해. 그 새끼는 나도 모르게, 내 허락도 없이 그걸 찍었어. 게다가 이제 퍼뜨릴 생각이지."

"근데 나 용서해 주는 거야?"

내가 한심하게 물었다.

이비 손에 이끌려 현관 앞 벤치에 앉으며 앓는 소리를 낸 것도 같다. 아니라고 쏘아붙일 줄 알았는데 이비는 이내 표정을 누그러뜨리더니 몸을 기울여 입 맞췄다. 가볍고, 부드럽게. 그러고는 내 목에 팔을 두르더니 가슴에 한쪽 볼을 기댔다.

"이제 이비 네 협박도, 할머니가 경고한 불운도 안 무서워."

이비가 키득키득 웃었다.

우리는 오래도록 침묵했다. 이윽고 이비가 두려운 목소리로 말했다.

"걔한테 사진이 있는 한 내가 할 수 있는 게 없어."

"아예 없지는 않지."

내 말에 이비가 한쪽 눈썹을 치켜올렸다.

"너 걔가 핸드폰 비밀번호 얼마나 자주 바꿀 거 같아?"

나마스떼,

레오

256

30

누군가 날 사랑하면서 별로 좋아하지는 않는다는 건 느낌으로 알 수 있다. 나는 늘 우리 아빠가 나한테 그렇다고 느꼈다. 사랑하니까 신경 쓰고, 돌봐 주고, 나름대로 아빠 노릇을 했겠지만 아빠가 나를 좋아한다고는 자신 있게 말할 수 없었다.

하지만 다른 게 전부 사라져도 결국 남는 것은 사랑이다.

이비를 배웅하고 돌아서니 아빠가 문간에 서서 날 낯선 사람 보듯 바라보고 있었다. 내가 한 번 더 죄송하다고 말하자 아빠는 내 정수리에 입술을 꾹 눌렀다가 떼더니 방에 들어가 자라고 했다. 그러고서 우리는 잠시 눈을 맞췄다. 이런 식의 교감이 얼마 만인지 몰라 나는 얼떨떨했다.

그때 아빠가 한마디 덧붙였다.

"요가 계속하고 싶으면 해라."

맙소사, 진짜 이상한 날이었다.

나마스떼, 아마도?

레오

31

이틀 뒤, 아침에 눈을 떠 보니 드레이크와 젠, 이비가 우리 집에 와 있었다.

드레이크의 기습 방문이 어제오늘 일은 아니지만 내가 침대에서 일어나기도 전에 방문을 열어젖히는 건 새로 적응할 상황이었다.

드레이크는 내 침대맡에 수상한 케일 스무디를 올려놓았다. 뒤이어 젠과 이비가 각자 커피를 들고 들어왔다.

"그러니까 레오가 조던을 잡아 두는 동안 내가 핸드폰을 훔치면 된다고?"

드레이크가 이비에게 물었다.

"어. 그동안 젠이랑 나는 문밖에서 망보고 있을게."

"근데 핫요가 하다가 중간에 물 마시러 나가고 그러지

않아? 누가 탈의실에 들어오려고 하면 어떡해? 어떻게 막아?"

젠이 책상 의자에 있던 내 가방을 바닥에 내팽개치고 그 자리에 앉으며 말했다.

"안녕들?"

내가 말했다.

"야, 이부터 닦고 와라."

드레이크가 코를 찡그리며 타박했다.

"꺼져."

내가 받아쳤다.

이비가 커피를 든 채 내 침대 끄트머리에 앉았다. 문득 잠에서 막 깬 내 꼴이 어떨지 깨달았다. 방바닥에는 빨랫감이 나뒹굴고 있었다. 주의를 돌리기 위해 뭔가 재치 있는 말을 던지려는데, 드레이크가 뜨개질 전문 잡지를 집어 들고 표지 사진을 가리키며 고개를 절레절레했다. 어떤 할머니가 푸근하게 웃으며 알파카를 쓰다듬는 사진이었다.

"핸드폰을 어떻게 슬쩍할지 작전 회의 중이었어. 네가 놈을 요가실에 잡아 두는 게 최선일 거 같아."

이비의 말에 나는 어리둥절한 강아지처럼 고개를 갸우뚱했다.

"조던이랑 요가 수업을 하면서 방을 못 나가게 하라고. 내가 로커에서 핸드폰을 슬쩍할 테니까. 이비랑 젠은 망을 봐 주고."

드레이크는 타잔처럼 느리게 말했다. 젠은 내 책상에 있는 복슬복슬한 실뭉치들을 살펴보면서 고개를 끄덕였다.

"너 운동부 머저리들이랑 같이 요가 할 수 있겠어? 그중 하나는 최근에 네 얼굴에 주먹을 꽂았는데?"

젠이 나를 그윽하게 쳐다보자 나는 중요한 무언가를 놓치고 있다는 걸 깨달았다. 몸을 일으켜 이비를 마주 봤다.

"그 잘난 덩치들이 핫요가 수업을 받으려고 하겠어?"

이비가 대답하기도 전에 젠은 웃음을 터뜨리며 말했다.

"그게 이 작전의 포인트지. 운동부끼리의 팀 경쟁으로 만드는 거야."

이비가 가방에서 웬 전단을 꺼내 건넸다. 대문짝만한 글씨로 이렇게 적혀 있었다.

열기를 감당할 수 있겠는가?

내용에 따르면 참가비는 개인당 5달러고, 수익 전액은 캘리포니아 여성 재단에 기부된다고 했다. 일일 핫요가 수업에 가장 많은 인원이 참가하는 팀이 우승하며 우승 상품은 졸업 무도회 고급 리무진 무료 이용권이었다. 차종은 세 개 중에 선택할 수 있었는데, 오스카 마이어 위너모빌(미국의 육가공품 제조업체 오스카 마이어가 홍보용으로 만든 핫도그 모양

대형 차량: 옮긴이)도 있었다.

"그 유명한 리무진을? 어떻게?"

드레이크가 웃음을 터뜨리며 물었다.

"우리 엄마가 리무진 회사 사장이랑 친분이 있거든."

이비가 전단을 보며 무심하게 대꾸했다.

"저기, 날짜가 이번 주 금요일인데."

내가 말했다.

"어, 맞아."

이비는 씩 웃었다.

"당장 홍보한다 해도 시간이 되겠어?"

"이비는 그저께부터 착수했어. 운동부 코치들한테 일일이 연락해서 팀끼리 경쟁을 붙여 놨지."

젠이 말했다.

"수구팀은 벌써 전투 모드에 돌입했어."

드레이크가 덧붙였다. 녀석은 여전히 뜨개질 잡지를 넘겨 보고 있었다.

"그래, 우리가 이걸 한다고 치자. 핸드폰도 훔칠 수 있다고 쳐. 그런데 만일 헛수고로 돌아가면?"

나는 말을 다 뱉기도 전에 죄책감이 들었다. 핸드폰을 훔치자고 제안한 사람이 나였으니까. 그러자 드레이크가 심오하게 말했다.

"허탕 치더라도 시도는 해 봐야지. 누군가를 지키려고

노력하는 게 중요하니까."

드레이크에게 부탁하려고 했는데 아빠가 체육관까지 태워다 주겠다고 나섰다. 아빠는 차 안에서 말을 걸기도 했다. 음, 약간 일방적인 대화였지만, 아빠치고는 대단한 노력이었다. 그리고 나를 내려 주면서 손을 어색하게 흔들기도 했다. 사실 인사하는 건지 하이 파이브 하자는 건지 애매한 손짓이었지만 애쓰는 기색이 역력해서 대충 호응해 주었다.

마침내 그날이 왔다.

이비의 물밑 홍보가 효과가 있었는지 일일 요가 수강생들이 밀려들어서 체육관은 모든 방을 개방하고 요가 강사를 몇 명 더 불러야 했다. 나중에 온 사람들은 돌려보내기까지 했다. 놀랍게도 그들은 자기 팀이 승리하도록 기부금이라도 내길 원했다.

나는 젠, 드레이크와 일찌감치 직원 사무실에서 대기하고 있었는데 갑자기 이비가 당황한 표정으로 들어왔다.

"수구팀이 내빼려고 해. 조던이 애나벨한테 자기 팀이 기부금을 제일 많이 냈다는 증표를 주지 않으면 수업을 안 받겠다고 했대."

"증표? 리무진이 성에 안 차서? 이미지에 환장한 새끼."

드레이크가 이를 갈았다.

"뭘 줄 수 있지? 로비에서 파는 요가복은 너무 비싸. 이럴 줄 알았으면 싸구려 티셔츠라도 만들어 둘걸……."

이비는 당장이라도 식은땀을 흘릴 기색이었다.

"헤드밴드 어때?"

나는 카운터의 헤드밴드 판매 바구니가 떠올랐다.

"비품실에 더 있어."

이비가 눈을 반짝이며 당장 문을 박차고 나가려 했다.

"잠깐, 드레이크랑 내가 갔다 올게."

이비는 혼란스러운 표정이었지만 드레이크는 한쪽 눈썹을 치켜올리더니 잠자코 날 따라나섰다. 우리는 사람들을 뚫고 비품실로 달려갔다. 나는 선반에서 팔려고 만든 파란 헤드밴드가 담긴 상자를 끌어 내렸다. 상자 바닥에 검은색과 파란색이 반반인 헤드밴드가 하나 남아 있었다.

"이건 팀 주장용."

나는 직원용 화장실에 들어가 그걸 변기에 퐁당 빠뜨렸다.

"야…… 어떻게 말리려고?"

드레이크가 감탄한 기색을 숨기지 않고 물었다.

나는 화장실 청소 용구로 헤드밴드를 건져 내 휴지로 물기를 제거한 뒤 손 건조기를 작동시켜 최대한 바싹 말렸다. 그러고서 원래 상자에 들어 있던 얇은 포장지로 둘둘 쌌다. 우리는 카운터로 돌아가 애나벨에게 상자를 건넸다.

"여기요. 우승한 수구팀에 전해 주세요. 면 100퍼센트 핸드메이드 제작이라고 하면 좋아할 거예요."

나는 포장지에 싼 헤드밴드도 내밀었다.

"이건 주장인 조던에게 주세요. 다 같이 내빼겠다고 한 놈한테요. 누군지 아시죠?"

애나벨은 씩 웃으며 상자를 들고 수구팀에게 달려갔다. 다들 환호했다. 조던이 주장용 헤드밴드를 왕관처럼 쓰자 팀원들은 한껏 사기가 올랐다.

"눈물겹게 아름다운 장면이다."

드레이크가 말했다.

곧 더러운 변기 물이 땀과 섞여 놈의 얼굴을 물들일 것을 생각하니 드레이크의 말을 부정할 수 없었다. 우리는 직원 사무실로 돌아갔다. 드레이크가 이비에게 엄지손가락을 세워 보였다.

"걔 핸드폰 비밀번호 확실히 기억하지?"

내 말에 이비는 작작 좀 물어보라는 표정을 지었다.

"좋아, 그럼."

수구팀 전원이 요가실로 들어가자 나도 뒤따라 입장했다. 요가 수업은 늘 제시간에 시작되고 일단 시작하면 끝날 때까지 아무도 방을 들어오거나 나갈 수 없다.

안녕, 불안, 내 오랜 친구.

내가 지금 얼마나 불안한지 잠시 짚고 넘어가야겠다. 나는 이제껏 요가 할 때 완벽히 긴장을 풀려고 나 자신을 훈련해 왔다. 신축성 있는 요가 바지, 이상한 발가락 양말, 간간이 들리지만 다들 못 들은 척하는 방귀 소리 속에서 잠시 바깥세상을 까맣게 잊도록.

하지만 지금은 다들 왁자지껄 떠들고 조던의 독특한 웃음소리가 신경을 긁고 있다. 나는 이비가 수업이 시작되길 기다렸다가 직원 사무실에서 슬그머니 나오는 모습을 상상했다.

곧 이비와 드레이크는 텅 빈 남자 탈의실에서 조던의 핸드폰을 찾아 놈이 쥐고 있는 사진을 삭제할 것이다. 헛수고일 수도 있다. 어쩌면 상황이 더 나빠질 수도 있다. 하지만 시도는 해봐야 한다. 드레이크 말대로 누군가를 지키려고 노력하는 게 중요하니까.

나는 숨을 깊이 들이마셨다.

나마스떼,
레오

이비,

머리 많이 굴렸더라.

근데 내 핸드폰에 있는 사진을 지운다고 증거가 사라질 줄 알았어? 네가 그렇게 멍청한 줄은 몰랐는데.

사진은 사라지지 않아. 찍는 순간 영원히 남지. 게다가 난 그 사진 여러 군데 저장해 뒀어. 이미 본 사람들도 있고.

이제 더 많은 사람이 보게 될 거야. 네가 후회할 짓을 저질렀다는 걸 똑똑히 알 수 있게.

설마 진짜 우리 부모님을 끌어들여서 날 엿 먹이려고 했어? 그분들이 네 웃기지도 않는 사진들과 그 안의 '숨은' 메시지들을 이해할 줄 알고?

근데 어쩌냐, 네 생각대로는 안 될 텐데.

네 장난질은 그저 헤어진 남자 친구에게 한 방 먹이려는 애의 처절한 발악으로밖에 안 비칠걸. 넌 내가 생각했던 것보다 훨씬 딱한 애야.

그래도 큰 웃음 줘서 고마워.

곧 내 인스타그램에 흥미로운 게시물이 올라올 테니 기대해. 아마 내 팔로워들이 그런 걸 취급하는 이런저런 사이트에 퍼다 나르지 않을까 싶어.

이제 넌 숨을 데가 없을 거야.

다들 네가 걸레인 걸 알 테니까.

J

32

이비는 메일을 받자마자 우리 집에 와서 나한테 보여
줬다. 우리는 꽤 오랫동안 아무 말도 하지 않았다. 내 침대에
나란히 앉아 메일을 멍하니 보고만 있었다. 거기서 적힌 글
자들이 무언가로 바뀌길 바라면서.

이비가 무슨 생각을 하는지 알 수도 없고 이비가 자기
감정을 일일이 공유하는 편도 아니어서, 우리는 그 끔찍한
혼란이 우릴 통째로 집어삼킬 때까지 그저 침묵했다.

공감 능력이라는 게 가끔 버거울 때가 있다. 가까운 사
람의 고통을 느끼면서 감정을 조절하는 건 쉽지 않다. 의연
한 척하기가 특히 어렵다. 나는 이럴 때 적절한 표정을 짓는
법을 배운 적이 없기 때문이다.

그래서 울었다.

처음에는 그냥 소리 없는 눈물이었다. 눈시울이 화끈거릴 때마다 재빨리 닦아 냈다. 그런데 어느 틈에 소나기로 변해 주룩주룩 쏟아지기 시작했다. 그래도 소리를 죽이고 울지 않는 척하면 아무도 모를 터였다. 천재적인 계획이었다.

그때 이비가 날 쳐다봤다. 이비는 눈물을 닦아 주거나 왜 우냐고 묻는 대신 내 어깨에 고개를 묻고 몸을 기댔다. 나처럼 울지는 않았지만 입술을 말아 물고 벽에 구멍을 낼 것처럼 정면을 뚫어져라 응시했다.

어느새 울음이 잦아들고 호흡도 안정을 찾았다. 침대에 앉아 절망을 흡수하면서도 내 평생 가장 편안한 순간이었던 것 같다. 아무 말도 안 하고, 어떤 것도 해결하려 들지 않고, 그저 지독한 절망이 우리 위로 퍼붓도록 내버려 둔 순간.

"뭐, 할 수 있는 건 다 했잖아."

마침내 이비가 말했다. 나는 아직 눈물이 그렁그렁한 눈으로 이비를 바라봤다. 이비는 품 하고 웃음을 터뜨렸다.

"누가 보면 걔가 네 알몸 사진을 가지고 있는 줄 알겠다."

이비가 내 가슴팍에 고개를 깊이 파묻으며 말했다.

나는 벽에 몸을 기대고 이비의 머리카락에 코를 묻었다.

"일이 이렇게 돼서 정말 유감이야."

이비가 고개를 들었다.

"난 괜찮아."

"어떻게 괜찮아? 아니, 그러니까, 널 겁주거나 상황을

더 나쁘게 만들려는 건 아니지만, 그 자식이 이겼잖아. 걔는
잃은 게 없고 더 이상 우리가 막을 방법도 없어."

"거참 힘이 나네."

이비가 심드렁하게 말했다.

그게 이상한 점이었다. 심드렁하다니. 끔찍한 일도, 걱
정할 것도 없다는 듯이. 나는 창자가 저절로 꼬여 작은 매듭
들을 짓는 것 같은데. 폐가 산소를 갈구하며 수축과 이완을
반복하는데.

"내 말 맞잖아."

"아마도."

이비는 내 손을 꽉 쥐었다. 나는 뭔가 놓치고 있는 기분
이 드는데 이비는 여전히 차분해 보였다.

불안장애가 없는 사람들은 자기 불안을 이런 식으로 처
리하나? 나쁜 일이 일어나면 그냥 견디나? 자기가 아는 부
정적인 감정들을 모두 크게 만들거나 과거를 돌이킬 방법이
있다고 확신하기 전까지 머릿속으로 모든 상황을 일일이 재
생하지 않나?

"심호흡해, 레오."

나는 그 말대로 했다.

나마스떼,

레오

친애하는 파로스 양에게

사실 파로스 양이 투고한 글은 개성이 지나치게 강
해서 원래 반려되었습니다. 그런데 마침 제가 부편
집장이 되면서 그냥 놓치기 아쉬운 몇몇 원고들을
다시 검토하게 되었습니다. 자매 정신으로(게다가
글의 논지가 좋아서) 우리 〈허프포스트〉는 파로스
양의 기고문 '복수와 불운'을 게재하고자 합니다.
그 사진들에 대해서는 전화로 상의해 보죠.
언제 시간 되세요?

엘르 탭슈리

부편집장
허프포스트

33

칼럼은 일주일 전에 나왔다. 그리고 빌어먹게 끝내줬다.

나는 그 글을 토씨 하나 안 빼고 읽고 또 읽었다. 묘지에 가져가서 할머니에게도 읽어 줬다. 생각해 보니 좀 우습다. 세상을 떠난 사람에게 말을 걸려고 꼭 묘지에 갈 필요는 없으니까. 하지만 특정 장소에 가서 다시 한번 그리운 사람과 가까이 있는 느낌을 받을 수 있다는 건 상당히 위로가 된다.

이비는 자기 원고가 채택된 것도, 심지어 투고한 것도 말하지 않았다. 아마 날 놀라게 하고 싶었던 것 같다. 실제로 놀라움은 내 불안을 사그라뜨리는 데 한몫했다.

보통 대형 잡지사는 그런 식으로 돌아가지 않는다. 특별 기고란에 아마추어의 글을 채택하지 않을뿐더러 채택한 지 며칠 만에 올리지도 않는다. 하지만 우주가 이번에는 이비에게 유리하게 움직인 것 같다. 심지어 담당 편집자조차 이례적인 경우라고 했다.

편집자는 이비의 글을 마음에 들어 했고 앞으로의 작업도 기대한다고 했다. 그건 정말이지, 대박이었다. 내내 거절만 당하다가 그런 반응을 얻어 내다니 놀라웠다. 하지만 거저 얻은 것은 아니었다.

이비는 어느 정도 가시밭길을 걸어야 했다. 남이 까발리기 전에 부모님에게 곧이곧대로 말해야 했다. 사진이 이야기하게 둘 수는 없었다. 이비의 부모님은 겉으로나마 이해한 모양이었다. 아빠는 아직 실망한 기색이 역력하지만 이비가 보기에는 오래가지 않을 거라고 했다. 그래도 자식이 이용당하는 꼴을 보는 것보다는 나을 것이다.

어쨌거나, 칼럼은 완벽했다. 그 쓰레기 같은 놈이 이비를 행실 나쁜 여자애로, 다 이비가 자초한 일로 몰아가려 한다는 사실을 가감 없이 밝혔다.

이 칼럼이 어떤 반응을 불러올지 생각하다 보니 조던과 놈의 부모가 어떻게 나올지 궁금했다. 물론 이비는 조던네 부모님도 만난 적 있었다. 놈의 집에서, 가족들 근처에서 많은 시간을 보냈을 테니 그들을 잘 아는 건 당연했다.

이비는 조던의 엄마가 〈허프포스트〉 기사와 칼럼을 모바일로 구독하는 걸 알고 있었다. 조던은 자기 엄마가 연예계 가십과 결별설에 환장한다고 흉보곤 했다. 그러니 '복수

와 불운'이라는 제목은 그분의 눈길을 확 끌었을 가능성이
크다.

이비는 글을 잘 풀어냈다. 나와 함께 한 얀 바밍과 사진
촬영, 그리고 내가 굳이 읽고 싶지 않은 부분까지 자세히 묘
사했다. 자기도 모르게 알몸 사진이 찍히기까지의 일, 믿었
던 사람 앞에서 완전히 무방비했던 순간을.

나는 가장 마음에 드는 대목을 외웠다.

내가 사람을 잘못 봤다는 걸 선뜻 인정하기 어려웠다. 걔
가 날 이용한 남자가 되길 원치 않았다. 그건 곧 내가 이
용당한 여자라는 뜻이니까. 무엇보다 내가 그럴 가치가
없는 사람을 믿었다는 게 최악이었다.

잡지에 글을 싣는 게 내 오랜 꿈이었는데 세상에 내보내
는 첫 이야기가 개인적인 폭로 글이 될 줄은 몰랐다. 그
리고 어떤 잡지에 실을지가 중요할지도 몰랐다. 왜냐하
면 걔네 엄마가 〈허프포스트〉를 즐겨 읽기 때문이다.

비비안 아주머니, 이 글을 읽고 있다면 부탁드릴게요. 걔
는 아직 그 사진을 가지고 있어요. 그리고 피해자는 저분
만이 아니에요.

더 이상의 피해를 막아 주세요.

기발한 대처이기도 했지만, 이비가 한 일 중 가장 용감

한 일이기도 했다. 언제라도 조던이 그 사진을 불법 촬영물 사이트에 올릴 수 있으니까. 어쩌면 다른 사람을 시켜 여러 사이트에 퍼뜨릴 수도 있고. 엄연히 미성년자를 대상으로 한 디지털 성범죄지만 놈이 홧김에 끔찍한 짓을 저지르지 않으리란 보장은 없었다.

"적어도 걔네 부모님은 자식이 어떤 놈인지 알겠네."

내가 말했다.

"아니, 핵심은 **모두가** 그놈이 어떤 놈인지 알게 되는 거야. 일단 내가 그 사진이 있단 걸 대놓고 인정하면 걔도 힘을 못 쓸 테고."

맞다. 힘을 빼앗는 게 중요했다. 알아서 굴복하도록. 이비라면 절대 스스로 굴복하지 않겠지만.

이비는 내게 몸을 기대고 사진 공모전에서 연락 없었냐고 물었다. 우리는 인스타그램에 사진들을 올리면서 공모전 계정을 태그했고, 나는 내 계정에 연락처를 올렸으니 필요한 것은 모두 제출한 상태였다.

나는 '복수' 시리즈와 별개로 담고 싶은 주제가 하나 더 있었다. 바로 여전히 우리 둘에게 중요한 '운'이었다. 그래서 다양한 크기의 코바늘 뜨개 마티를 전달하는 순간을 사진으로 찍었다.

이비는 동전 크기의 자그마한 마티를 손바닥에 올려놓고 피식 웃었다. 드레이크는 눈썹을 치켜올리며 농구공만 한

마티를 한 손으로 피자처럼 돌렸다. 아빠는 멍한 표정으로 그것을 집어 들고 심장 부근에 갖다 댔다. 다들 내가 만든 행운의 부적을 받고 저마다의 방식으로 반응했다.

"미안하지만 저주는 그대로일 거야, 레오."

이비가 능글맞게 웃었다.

"그래서 준비했지."

나는 가방에서 작은 꾸러미를 꺼내 건넸다.

"물론 고조할아버지가 훔친 걸 내가 돌려줄 수는 없지만……."

내가 말끝을 흐리자 이비가 꾸러미를 풀었다. 그 안에서 나온 것은 고조할아버지가 훔친 것과 비슷한 성화였다. 검붉은 배경에 아기 예수를 안은 성모 마리아.

"네가 만들었어?"

이비가 감탄하며 물었다.

"십자수랑 황금 자수로."

"훔친 거랑 똑같지는 않아도 효과가 있을 거 같네."

이비가 웃으며 말했다.

"그럼 그거 해 줘."

"뭘?"

"공식적으로 저주를 풀어 주는 말."

"이로써 너희 집안을 공식적으로 저주에서 풀어 주노라."

나는 주위를 둘러봤다. 특별한 느낌은 없었다.

"그렇게 하는 거 아닌가 봐."

내가 중얼거렸다.

그 사진들이 내 마지막 출품작이었고 상을 탈지는 아직 모르지만, 이비의 칼럼과 인스타그램 포스팅의 결과로 상당히 멋진 일들이 벌어졌다.

일단 하루아침에 내 인스타그램 팔로워가 6천 명이 되었다. 사진을 찍어 달라는 요청이 수없이 들어왔다. 그리고 가장 멋진 일은, 로드아일랜드 디자인 학교가 내 게시물에 '좋아요'를 눌렀다는 것이다.

물론 별 의미 없을 수도 있다. 게시물을 전체 공개하면 나와 상관없는 사람들도 얼마든지 구경할 수 있으니까. 하지만 내 꿈의 학교에 있는 누군가가 내 작업물을 보았고, 그냥 지나치지 않았다. 적어도 '좋아요'를 누를 만한 가치가 있다고 여긴 것이다.

그래, 좀 호들갑일지도 모르지만, 어쨌든 이 상황은 내 자존감을 크게 북돋웠다. 다만 너무 많은 주목을 받은 뒤로 잠을 잘 못 잤다. 좋은 일조차 뇌에 나쁜 반응을 일으킨다니 짜증이 났다. 마음의 안정은 여전히 쉽게 잡히지 않는다. 핸드폰 알림이 온종일 울려서 몇몇 어플은 아예 삭제해 버렸다.

내 엣시 상점 '코페다'는 접속자가 폭주해서 시스템이 마비될 뻔했다. 그래, 허풍이지만, 주문량이 엄청나서 상점을 잠시 닫아야 했다.

헤드밴드는 만들기 간단해서 이미 30개쯤 팔았다. 체육관 카운터에는 여전히 내가 만든 헤드밴드를 파는 바구니가 있다. 작은 것이지만 손수 만든 물건을 파는 일은 참 뿌듯하다. 드레이크는 색깔별로 다섯 개나 샀다.

아빠가 그리스에 사는 고모한테 전화로 얘기하는 걸 우연히 들었다. 아빠는 내가 만든 것들을 찾는 사람이 많다며 내가 사진에 재능이 있다고 말했다.

아빠는 더 이상 '깔짝거린다'라는 표현을 쓰지 않는다.

나마스떼,
레오

34

오늘의 자세 : 전사 자세

먼저 양다리를 앞뒤로 크게 벌리고 선다. 양손으로 골반을 짚고 어깨의 힘을 뺀다. 손바닥을 아래로 하여 양팔 역시 앞뒤로 뻗는다.

그대로 앞쪽 무릎을 굽혀 발목과 일직선이 되게 한다. 왕이 휘하의 군대를 바라보듯 앞쪽 손 너머를 응시한다.

~ele~

오늘 나는 요가 지도자다.

지도자과정 수료 기념으로 첫 공식 수업을 이끌게 됐다. 그래서 모두를 초대했다. 이비와 드레이크는 극구 사양하더니 결국 왔다. 사람들이 하나둘 들어와 매트를 깔고 물병을 옆에 두자 꼭 정규 수업처럼 느껴졌다. 곧 내가 맨 앞에 서서 모든 자세를 안내해야 한다는 점만 빼면.

요가를 계속하겠다고 마음먹은 이유는 나도 잘 모르겠다. 이미 많은 시간과 노력을 투자해서? 요가가 실제로 적성에 맞아서? 아마 둘 다인 것 같다.

드레이크는 주위에 앉은 사람들에게 자신을 소개하더니 웬일로 입방정을 떨지 않고 점잖게 굴었다. 거의—.

"의젓해 보이냐?"

내가 적당한 표현을 찾는 걸 눈치챘는지 녀석이 말했다.

"그건 너무 멀리 갔고."

"가만있어도 매력이 흘러넘치는 걸 어떡하라고."

드레이크가 후드 집업 지퍼를 내리자 분홍색 민소매 티가 드러났다. 정말 평소와 좀 달라 보였다. 그렇게 말했더니 드레이크는 마침내 집중력 문제에 도움이 되는 약을 처방받았다고 했다.

드레이크는 나에게도 먹는 약이 있냐고 물었다.

"어. 왜 진작 안 먹었는지 모르겠다."

나는 아빠가 여전히 요가를 민망한 취미로 여기는 줄 알았다. 내가 남들 앞에서 달라붙는 바지를 입고 땀을 흘리는 모습을 집안의 수치로 여긴다고 생각했다.

방금 나타나기 전까지는.

아빠는 겨드랑이에 매트를 낀 채 손에 생수병을 들고 있었다. 낯선 사람들 틈에서 역대급으로 혼란스러워 보였으나 엄연히 내 초대로 온 것이었다. 설마 진짜 올 거라고는 꿈에도 생각 못 했지만.

물론 나에게 다가와 "대견하구나, 아들아. 네가 하는 일을 얕잡아서 미안하다"라고 하는 일은 없었다. 그래도 여기까지 온 게 놀라웠다. 내가 오늘 아침 집에서 나오기 전에 예의상 방문 아래 밀어 넣은 초대장을 보고 온 것이다. 아빠는 주머니에서 헤드밴드를 꺼내 내가 새긴 자수 로고를 확인했다. 카메라 렌즈 안에 마티를 넣은 문양이었다. 아빠는 헤드밴드를 착용하고 내게 엄지를 들어 보였다.

나는 아빠가 엄지를 치켜드는 걸 처음 봤다. 웃음이 터질 것 같았지만 얼떨떨한 마음이 섞여 웃음이 나왔다.

아빠가 자꾸 눈길을 끌었다. 면바지에 흰 티셔츠를 입은 아빠는 이미 땀을 흘리고 있었다. 앉기도 전에 생수병의 반을 비웠고, 어떻게든 긴장을 풀려고 하는데 쉽지 않은 모양이었다. 앞으로 닥칠 역경을 위해 심신을 다스리는 기색이 역력했다.

두 눈이 이렇게 말했다. 엄청나게 어색하고 거북하지만 나는 지금 여기 있고 떠나지 않을 거다.

아직 서로를 이해하기엔 갈 길이 멀지도 모르지만, 적어도 문은 열렸다. 아마 앞으로도 많은 대화를 나누지는 않을 거다. 타고난 기질을 바꿀 수는 없으니까. 하지만 아빠는 노력하고 있다. 조금이나마 단란한 가족이 되기 위해. 심지어 나랑 함께 할 그리스 요리 강좌를 신청하기도 했다. 사실 그 건 좀 지나치게 단란하지 않나 싶은데 우리 집 식생활이 갈 수록 열악해지다 보니 적절한 조치인 것도 같다. 아빠는 같 이 수업을 받으면 요리 부담을 반씩 나눌 수 있다고 여기는 모양이었다.

"그 수업 사람 많지 않아요?"

아빠가 대뜸 제안했을 때 내가 물었다.

"그래. 미안하다."

웃긴 일도 아닌데 우리는 웃음이 터졌다. 알고 보니 요 리 강사는 아빠 또래의 멋진 싱글 여성이었다. 그러니까 아 빠의 갑작스러운 제안은 약간 사심이 섞인 듯했다.

우리는 음산한 사당처럼 유지해 왔던 할머니 방을 싹 정리했다. 솔직히 할머니도 괜찮다고 할 것 같았다. 심지어 아빠가 양보해 줘서 지금 그 방을 작업실로 만드는 중이다. 한쪽은 뜨개 전용 공간으로, 다른 한쪽은 커다란 흰 책상에 대형 듀얼 모니터를 둔 사진 편집을 위한 공간으로. 가운데 는 요가 수련을 할 공간까지 마련했다. 혹시 나중에 어딘가 에서 요가를 가르치게 될지도 모르니까. 나도 내가 그런 미 래를 염두에 두게 될 줄은 꿈에도 몰랐다.

할머니라면 어떻게 생각했을까? 지금 우리를 봤다면 뭐 라고 했을까? 아마 이렇게 말했을 거다. **자랑스럽구나, 아가**

피 무.

자, 이제 숨 쉬자. 들이마실 때보다 오래 내쉬자. 기억하자. 요가는 약이다.

이비가 다가오는 걸 보고 나는 씩 웃었다. 오늘 아침 사진 공모전에서 보낸 메일을 받았기 때문이다. 아직 열어 보지는 않았지만, 아마 좋은 소식이겠지?

이비가 발꿈치를 들고 내게 입을 맞췄다. 감았던 눈을 뜨자 방 안의 사람들이 모두 웃고 있었다. 다행히 조롱하는 분위기는 아니었다.

이비는 내게 행운을 빌어 주고 젠이 기다리는 뒤쪽 매트로 걸어갔다.

칼리 티히(행운을 빌어), 레오니다스.

나마스떼,

레오

35

여름 방학이다. 학교 수업도, 토머스 선생님의 관찰 실험도 끝났지만 드레이크의 동기 부여 문자는 매일 이어지고 있다.

> 주유소 편의점에서나 파는
> 부리토는 내려놔. 사람답게 먹어.

> 뜨개질하듯 펀치를 날려. 섬세하고
> 정확하게. 좋은 자세와 섬유질이
> 풍부한 음식으로 하루를 시작해.

> 넌 끝내주는 짐승이야.

드레이크는 요즘 부쩍 기운이 넘친다. 수학 시험에 겨우 통과해 여름 보충 수업을 듣지 않아도 되기 때문이다. 하늘이 자유를 선물한 기분이라나.

사실 얼마 전까지만 해도 지긋지긋했는데 이제 그 동기부여 문자들이 꽤 기쁘다. 내가 이런 사회적 교류를 즐기게 될 줄 누가 알았을까?

아, 물론 파티 같은 건 어림도 없다. 하지만 확실히 내 일상에 사람들을 들이기 시작했다.

드레이크의 주옥같은 격려는 보통 수요일, 내가 체육관에서 요가 기초반을 가르칠 때 빛을 발한다.

우연히 일어난 지난 일들은 모두 행운이 되었다. 울며 겨자 먹기로 시작한 요가, 적절한 약 복용, 일련의 사회적 경험들은 내 불안장애에 큰 도움이 되었다. 어쩌면 토머스 선생님의 관찰 실험까지도.

만약 선생님이 나와 드레이크를 한 공간에 두고 같은 공기를 마시며 지루한 포스터를 하염없이 바라보고 있게 하지 않았다면 우리는 친구가 되기는커녕 평생 말 한마디 섞지 않았을 거다.

그래서 감사의 의미로 뭐라도 만들어 드릴까 했는데, 놀랍게도 드레이크가 선수를 쳤다. 토머스 선생님에게 마티를 떠 준 것이다. 비록 내가 본 것 중에서 가장 삐뚤빼뚤한 타원형 마티였지만, 뭐, 그렇다고 효과가 덜하지는 않을 거다.

토머스 선생님은 드레이크의 말대로 마티를 생활지도

실 게시판에 내걸었다. 다른 학생들이 준 형편없는 작품들과 함께. 내 상담사도 그렇게 조잡한 예술 작품으로 가득한 게시판을 가지고 있다.

그래, 나는 요즘 심리 상담사를 만난다. 지친 사회인처럼 정기적으로 방문해 대화를 나눈다. 나아진 기분을 유지하는 데 도움이 되는 듯하다. 내가 나를 돌보는 방법 중 하나다.

누가 나한테 어떻게 지내냐고 물어보기 전까지는 잘 인식을 못 하니 물어볼 때라도 적극적으로 이야기하려고 노력한다.

아빠가 자기 상담사와 만날 때 날 초대한 것이 계기였다. 그 자리는 몹시 불편했다. 과장이 아니라 진짜로.

아빠가 우는 건 꿈에서도 본 적 없어서 나는 속옷에 벌이 들어간 것처럼 안절부절못했다. 엄마가 떠났을 때도, 할머니가 떠났을 때도 아빠는 눈물을 보이지 않았었다. 한 방울도.

그 모든 감정적 변비가 마침내 극에 달한 것 같았다. 아빠의 표정은 마치 묵히고 묵힌 감정을 한꺼번에 배출하는 것처럼 고통스러워 보였다.

하지만 우리는 모든 불편과 고통을 견뎌 내고 대화를 나눴다. 주로 우리가 서로에게 곁을 내줄 방법에 대해. 상담사는 우리가 걱정거리를 전부 털어놓는 것이 목표라고 했다. 나는 속으로 대꾸했다. 잠깐, 제가 여길 또 와야 한다고요?

하지만 결국 우리에게 좋은 일일 거다. 이미 조금씩 나아지고 있다. 우리 집 냉장고는 이제야 좀 사람 사는 집 냉장고 같다.

아무튼, 상담 시간이 끝날 무렵 상담사는 마지막으로 하고 싶은 말이 없냐고 물었다. 아빠는 "여자 친구가 집에 놀러 왔는데 둘만 있고 싶다면 미리 말해라. 자리 비워 줄 테니까"라고 말했다. 나는 웃음을 터뜨렸다. 아빠도 웃었다.

우리는 집에 와서 할머니의 레시피로 스터프트 토마토(각종 야채를 볶아 만든 볶음밥을 토마토 속에 넣어 오븐에 살짝 구워 낸 요리. 그리스 사람들이 즐겨 먹는 소박한 가정식이다: 옮긴이)를 만들었다. 드레이크와 이비와 젠이 우리 부자의 솜씨를 확인하기 위해 왔다.

만약 망친다면 할머니의 망령이 우릴 괴롭힐 것이다.

나마스떼,
레오니다스

작가의 말

독자 여러분께.

레오의 이야기는 제 경험에 바탕을 두었습니다. 저는 아버지 쪽이 그리스계고, 취미로 뜨개질과 요가를 합니다. 그리고 삶의 대부분을 불안장애와 함께했습니다.

불면증과 수면장애, 위가 쪼그라드는 이상한 느낌, 통제력을 잃을 때 땀으로 온몸을 흠뻑 적시는 살 떨리는 공포감…… 모두 제 경험입니다.

어렸을 때 저는 그 불안을 어떻게 감당해야 할지 몰랐고, 지금도 때때로 통제하기 버겁다고 느낍니다.

학교에서 걸핏하면 울던 아이가 커서도 툭하면 차오르는 공포감에 허우적거리는 어른이 되었죠. 혹시 여러분도 저와 비슷하신가요?

불안에 대해 전문가에게 이야기하면 도움이 됩니다.

불안을 다스리기 위해 약을 먹어도 좋습니다.

불안이 사라지지 않아도 괜찮습니다.

사실 불안을 다스리려는 노력이 저를 글쓰기로 이끌었습니다. 나만의 세계를 창조하는 것이 통제력을 되찾는 방법 중 하나였죠. 그래서 불안장애를 완전히 미워하긴 어렵지만 어떨 때는 못 견디게 싫습니다.

여러분도 자신에게 효과가 있는 방법을 찾아서 해 보세요. 내 정신 건강을 돌보기 위해 다른 사람의 눈치를 볼 필요는 없습니다.

한 가지 더, 레오는 자신의 불안장애를 인정하지만 그것이 어째서 시작되었는지는 깊이 들여다보지 못합니다. 알고는 있지만 인정하고 싶지 않은 것일 수도 있겠죠. 하지만 이제 상담 치료의 도움을 받기 시작했으니, 저는 레오가 머지 않아 자신의 불안을 충분히 이해하게 될 거라고 굳게 믿습니다.

사랑을 담아,
줄리아 월튼

양철북 청소년문학 4

오늘의 자세: 행운을 부르는 법

1판 1쇄   2022년 3월 25일
1판 2쇄   2023년 4월 7일

글쓴이   줄리아 월튼
옮긴이   이민희
펴낸이   조재은
편집   구희승 김명옥 김원영
디자인   육수정
마케팅   조희정

펴낸곳   (주)양철북출판사
등록   2001년 11월 21일 제25100-2002-380호
주소   서울시 영등포구 양산로 91 리드원센터 1303호
전화   02-335-6407
팩스   0505-335-6408
전자우편   tindrum@tindrum.co.kr
ISBN   978-89-6372-397-6 (03840)
값   13,000원